CÓMO NO AHOGARSE EN UN VASO DE AGUA

CÓMO NO AHOGARSE EN UN VASO DE AGUA

una novela

ANGIE CRUZ

traducida por
KIANNY N. ANTIGUA

EDITORIAL SIETE CUENTOS/
SEVEN STORIES PRESS
New York • Oakland • London

Publicado con el consentimiento de Flatiron Books en asociación con International Editors' Co. Barcelona.

Seven Stories Press/Editorial Siete Cuentos
140 Watts Street
New York, NY 10013
www.sevenstories.com

Library of Congress Cataloging-in-Publication Data

Names: Cruz, Angie, author. | Antigua, Kianny N., translator.
Title: Cómo no ahogarse en un vaso de agua / Angie Cruz ; traducción de Kianny N. Antigua.
Other titles: How not to drown in a glass of water. Spanish
Description: New York : Seven Stories Press, 2024.
Identifiers: LCCN 2024007726 | ISBN 9781644213810 (trade paperback) | ISBN 9781644213827 (ebook)
Subjects: LCGFT: Novels.
Classification: LCC PS3603.R89 H6918 2024 | DDC 813/.6--dc23/eng/20240306

Profesores de universidad o secundaria pueden pedir ejemplares gratis para revisión de los títulos de Seven Stories Press/Editorial Siete Cuentos. Para hacer su pedido, visite www.sevenstories.com, o envíe un fax en el papel oficial de la universidad al (212) 226-1411.

Impreso en los Estados Unidos.

9 8 7 6 5 4 3 2 1

Para las madres, tías, vecinas y comadres que saben resolver y cuidar nuestra comunidad.

Para quienes han vivido el rechazo.

PROGRAMA DE FUERZA LABORAL PARA ENVEJECIENTES

Nueva York, Estados Unidos

El Programa de Fuerza Laboral para Envejecientes está diseñado para brindar asesoramiento, ofertas de trabajo y otros servicios en el área de empleos. Todas las y los participantes reciben beneficios de desempleo por las doce semanas que participan en el programa para subsidiar la formación preprofesional que incluye la capacitación comunicativa y para entrevistas, y la puntualidad en preparación para la reincorporación del solicitante al mundo laboral.

El informe final evaluará si el o la participante está lista para el trabajo o no.

A continuación, las doce sesiones y documentos que pueden o no haber apoyado el informe final y las recomendaciones.

PRIMERA SESIÓN

Mi nombre es Cara Romero y yo vine a este país porque mi
esposo me quería matar. Ay, pero no se ponga así. Usted fue la
que me dijo que le contara algo de mí.

Antes de que empecemos, ¿usted me permite un vasito de
agua? Ay, sí. Gracias. ¿Y por qué yo estoy tan nerviosa? I know,
nada más e hablando que estamos. Y esta agua, ¿es de un bote-
llón? ¿A usted le sabe rara? ¿No?

Esta es la primera vez que yo hago una cosa semejante, you
know. Yo nunca pensé que a estas alturas de mi vida yo iba
a tener que buscar trabajo. La profesora de la Escuelita dijo
que usted me iba a ayudar. Usted es dominicana, ¿verdad?
Ay, ¿pero la puedo tutear? Es que eso de usted se oye tan viejo. Jesú. Ella, la profesora, dijo que, si tú sabías mucho sobre
mí, podías encontrarme un trabajo. ¿Eso e verdá? Ay, good,
porque yo necesito un trabajo. La factoría cerró en el 2007,
antecito de la Navidad. Can you believe that? Hace casi dos
años que no doy un golpe.

La verdad es que el Obama ha sido muy generoso. Después

de que cerró la factoría, recibí cincuenta y tres cheques, luego el Obama me dio trece y entonces veinte más. ¿Tenían otra opción? No. No hay trabajos, ¡mi factoría se fue para Costa Rica! Tú sabe que para acá no vuelven jamás. ¡Y después de estas doce semanas que me reúna contigo, no me van a dar más cheques! Como dice mi vecina Lulú, el Obama es bueno, pero no Dios.

Tú ves, yo tengo suerte porque yo tengo cincuenta y cinco, espérate, ¿dije cincuenta y cinco? Ay, tú, ¡tengo cincuenta y seis años! Es que dejé de contar. Si no lo hago, me encuentran en un ataúd antes de tiempo. El punto es que yo califico para el progama de ustedes, el de Fuerza Laboral para Personas Mayores (¡eso de Envejecientes está jodón!). ¿Yo, una persona mayor, una sénior? Le dije a Lulú que seré mayor para los cheques, pero no para las canas. ¡*Ja!*

¿Tú quieres saber cómo me enteré de la Escuelita? OK, te lo voy a contar. Hace un año recibimos esta carta del gobierno que decía que debíamos reportarnos a la Escuelita para tomar clases; que si no, no más cheques de desempleo. Yo no quería ir a la Escuelita porque estaba lejos, en Harlem. Entonces, el primer día, me quedé frizada. Tuve que luchar para pararme de la cama. Dormí como una hora o dos, casi nada. Ni siquiera me pude beber mi cafecito esa mañana. Fue como si se me hubiera olvidado cómo ponerme la ropa. ¿A ti te ha pasado eso? ¿Cuándo lo easy es imposible? Pero es que tú tienes que entender, yo dejé de trabajar en la factoría y durante doce meses solo andaba en panti por la casa. Mis cinturones, mis blazers, mis vestidos, perdidos en el clóset.

Gracias a Dios por Lulú que fue a buscarme esa mañana. Yo te digo, el primer día de la Escuelita, Lulú se apareció en mi apartamento con un pan de guineo que ella hace, with nuts y chocolate, calientico del horno y me dijo: Tienes quince minutos.

Yo no quería retrasar a Lulú, así que aceleré el paso. Ella sabía que yo jamás hubiera ido a la Escuelita sola. Y por eso estoy pagando el precio, porque, por el resto de mi vida ella me va a decir: ¿Qué harías tú sin mí?

Pero don't worry, que yo no necesito que Lulú me lleve al trabajo, ¡ja! Estoy lista, ready pa enfrentar la vida. Look, ya empecé a rebajar para poder ponerme mis blazers. ¿Verdad que me veo bien con este? You like it? Pero claro que sí.

Yo no uso marrón. Mi color es el negro. Con mis ojos negros y mi pelo negro, el negro me hace lucir elegante. Este blazer marrón es de Lulú. Le queda bien porque ella se tiñe el pelo de rubio (bueno, es más como naranja porque ella usa tinte de cajita). Pero de todos modos le queda bien porque ella tiene la piel como del color de un chele. No como un chele brillante, sino como uno viejo. Y ella solo tiene cincuenta y cuatro años. Yo me la paso diciéndole que beba más agua pa que coja brillo. Pero no escucha. Ella también es más gorda que yo. Pero eso no importa. Todas estamos más gordas desde que nos quedamos sin trabajo. Lulú más que yo. Tanto así que este blazer ya no le sirve, aunque se ponga la faja. Ella nunca se quita una faja. Never. Ni siquiera pa dormir. OK, quizás a veces para dormir. Pero hasta en los sueños quiere verse como una botella de Coca-Cola. Pero cuando me medí el blazer, es que debiste haber visto su cara: arrugada. Pero está bien . . . Celos. Estoy acostumbrada. Yo sé que nací con azúcar en los bolsillos, mi amor.

Me encantó la Escuelita. Me abrió mucho la mente. Pero no es fácil. Cuando empezamos, la profesora dijo que podía enseñarnos a llevar números. Cómo usar la computadora. ¡Hasta leer y escribir en inglés! *¡Ja!* Yo he vivido en este país veinticinco, espérate, no, casi veintisiete años. I speak English good. Tú me entiendes, ¿verdad? OK. ¿Pero leer y escribir en inglés? ¡Es que no me entra! Tú dices una palabra en inglés de una manera y se escribe de otra. ¿Pero y por qué? Tú te ríes, pero e verdá.

Yo le dije a la profesora (ella se viste como la maestra de la televisión, con la blusa abotonada hasta el cuello): Yo ya estoy demasiado vieja pa aprender.

No, Cara. Si usted se aplica, aprenderá a escribir en inglés. Se lo prometo. Incluso puede ir a la universidad.

¡Ja! Me reí tanto que me oriné en los pantis. Eso es lo que le pasa a las mujeres que paren natural. Siempre ando con pantis extras en la cartera y nunca salgo de mi casa sin un kótex.

¿Cuántos hijos tú tienes? ¿Cómo? ¿Y qué tú tá esperando? ¿Tú no quieres tener hijos? Listen to me: No esperes hasta que estés demasiado vieja.

Lulú dice que una persona nunca es demasiado vieja para hacer cosas, especialmente para estudiar. Dijo que hasta la Vieja Caridad, nuestra vecina, puede ir a la universidad si ella quisiera.

¡Esa señora tiene noventa años! It make no sense.

But why no?, dice Lulú. En Nueva York, mucha gente mayores van a la universidad. Imagínate si yo viviera hasta los noventa como la Vieja Caridad. Podría ir a la universidad y trabajar por otros veinte años en una oficina o something like that. *¡Ja!*

En República Dominicana no es fácil progresar, pero en Nueva York, la Escuelita me está haciendo pensar que yo puedo soñar. Aprendí muchas cosas nuevas. Incluso ahora tengo un correo electrónico. ¿Tú lo sabías?

Lulú es LuLu175 y yo soy Carabonita.

Hola, Lulú. ¿Cómo estás? Soy yo, Cara.

¡Ting! La computadora te dice que llega un email.

¡Hola, cabroncita! Soy yo, Lulú.

¡Ting!

¡Es Carabonita!

¡Ting!

Yo sé, cabroncita.

¡Ting! ¡Ting! ¡Ting!

Y ahora recibo muchos emails. La mayoría son de Alicia de Psychic. Un día, buscando mi horóscopo, encontré a Alicia a través de un botón: LECTURA PSÍQUICA GRATIS. Por supuesto que cliquié. Fue la profesora quien dijo que la mejor forma de aprender a navegar en internet era explorando nuestros intereses.

Estimada Carabonita,

Estoy encantada de conectar con usted. Puedo ver que está

ansiosa por recibir noticias para desbloquear todos los obstáculos en su camino. Abra mi invitación para saber más sobre lo que le espera. Por una pequeña tarifa . . .

Su estimada amiga,
Alicia

Al principio, como estaban en inglés, Lulú me los leía, pero los emails seguían llegando everyday, así que Lulú me enseñó cómo traducir el correo electrónico del inglés al español. Tan fácil. *Clic.*

Estoy encantada de saber de usted.
Le tengo noticias de su protector personal.

Cuando me llegó ese mail, te lo juro, las luces en el ceiling se prendieron y apagaron como en una discoteca.

Alicia de Psychic me escribió a pesar de que yo nunca le envié dinero.

¡Es un robot!, dijo Lulú.

Imposible, le dije.

Cada vez que revisaba mi correo electrónico había un mensaje de Alicia de Psychic diciéndome que ella estaba perdiendo el sueño porque mis protectores la mantenían despierta por la noche.

La profesora dijo que tuviéramos cuidado con los scams. El correo electrónico está lleno de estafadores. Dijo que la gente como nosotros somos el blanco perfecto.

¿La gente como nosotros?

Le dije a ella y a Lulú que yo sabía lo que era real y lo que no.

¡Yo no soy una pendeja!

A ver, dime tú, una jovencita dominicana, educada, apuntando tantas cosas ahí: ¿Qué tú piensas de mí? Pero la verdad. ¿Tú crees que tengo futuro? Ay, qué bueno. Good. Cuando en la Escuelita me recomendaron que hiciera este programa para que pudiera practicar para mi entrevista, dije, ¿Y entrevista para qué? Y la profesora dijo: ¡Para *todos* los trabajos donde la van a entrevistar! *¡Ja!* Entre tú y yo, ella es muy positiva, por eso es difícil confiar mucho en ella. Be honest: ¿De verdad tú crees que haya un trabajo para mí? Really? Yo nunca he oído hablar de gente que encuentren trabajo sin un enllave.

¡En la noticia dijeron que este país estaba en crisis! Nadie tiene trabajo. Es la recesión más grande desde la Depresión, cuando la gente no tenían carro y todavía orinaban en bacinilla. Bueno, puede que en el building donde yo vivo hubieran baños, pero tú me entiendes. La Vieja Caridad, que vive en mi edificio, se acuerda. Ella vino de los revolucionarios de Cuba, José Martí y toda esa gente. Vivían en Nueva York antes de que hubiera teléfono y luz eléctrica. De seguro que no tenían toilets que flocharan. Nuestro building no existía. Ella dice que había más matas que personas.

Ayer, en la noticia, vi a un abogado con dos hijos y su esposa, tan desesperado que cogió un trabajo en Wendy's, por aquí, por aquí mismito (ni siquiera en Downtown). Las cosas están malas. Peor que malas. Es como en Santo Domingo: si no hay pan, venga casabe. Yo nunca pensé que los bancos en los Estados Unidos (¡en los países!) le robarían a la gente. Pero ahora veo que este país es como ese pescador de manos livianas en la playa que te enseña el peje gordo, pero luego dice que se encogió cuando lo cocinó.

¿Mi situación financiera? Ahí, OK, ahora, pero eso es porque recibo cheques del Obama, pero las única gente que yo conozco que están ready pa la crisis son mi hermana Ángela y Hernán, su esposo. Ahorraron dinero por many many years para comprar una casa en Long Island. Hernán no quiere mudarse de nuestro building porque puede irse caminando al trabajo en el hospital everyday; pero Ángela, ella detesta Washington Heights. Pero lo detesta. Así que, todos los fines de semana, salen a buscar casa.

¿Tú te acuerdas a principio de los noventas, cuando las cosas estaban tan malas que se podía comprar un apartamento en Downtown por cien mil dólares? Maybe tú eres demasiado joven para acordarte. ¿Cuántos años tú tienes? ¿Treinta y cinco? Forty?

Sorry, yo no quise ofenderte. Of course que pareces una tinéyer.

Lo que quería contarte es que, antes Ángela y yo, todos los weekenes, íbamos a buscar apartamentos, pa soñar un chin. Ahora ella sueña con Hernán. Pero yo recuerdo haber visto un apartamento en la calle Eighty o Eighty-one, frente a Riverside, you know, donde viven los ricos. No se podía meter un juego de cuarto completo en esas habitaciones, solo una cama, maybe una queen, y uno de esos burós altos. Pero las ventanas que daban hacia los árboles: guau. En aquellos tiempos había tantos apartamentos así, baratos. Ahora, ese mismo apartamento cuesta más de un millón de dólares. En serio. ¡Búscalo ahí, check it out!

Ángela habla de esos apartamentos como si fueran el hombre que la dejó plantá. Desde el día que llegó a este país, se le metió en la cabeza que ella quería irse de Washington Heights. Para eso, contó su dinero y calculó cuántos años le tomaría hacer el pago inicial, you know, el down payment. Y cuando conoció a Hernán, inmediatamente le contó el plan. Le dijo: Si tú quieres estar conmigo, ahorrar es un proyecto de familia.

Every day, pero to-lo-día, en el desayuno, hablan de su meta: el pago inicial de la casa. Con patio. Una habitación para cada hijo. Una terraza para el columpio. Ella escribe el progreso en la nevera. Cada vez que ahorran mil dólares, compran un bizcochito de Carrot Top y celebran con los hijos. De esa manera, los niños aprenden que los sueños solo se hacen realidad con trabajo duro y ahorrando dinero.

Hernán y Ángela ahorran cincuenta dólares a la semana. Eso es doscientos dólares al mes. Y eso es $2,400 al año. En diez años, ahorraron $24,000 toletes. Y pensamos que diez años es mucho tiempo. Pero mírame a mí, trabajé en esa factoría veinticinco años. Y mi hijo, Fernando, hace diez que se fue.

¿Por qué tú dices sorry? Ay, no. Mi hijo no está muerto. Él me abandonó. Quizás algún día, si Dios quiere, te hable de Fernando.

Pero lo que estaba diciendo es que el tiempo pasa en un abrir y cerrar de ojos. You open, you close y *puf.* Si yo hubiera ahorrado, aunque sea diez dólares a la semana, tal vez ahora no tuviera tantos problemas. Lo poco que ahorré, lo mandé a un banco en Santo Domingo. Convertí mis dólares en pesos porque el interés era más alto. Unjú, of course que niegas con la cabeza. ¡Fue una estupidez! Qué mistake. De la noche a la mañana, la tasa de cambio pasó de trece pesos por un dólar a cuarenta y cinco pesos por un dólar. Qué barbaridá.

Hablar contigo me acuerda los días en que Ángela y yo nos llevábamos bien. Ahora no puedo ni acordarme de la última vez que estuvimos en el mismo cuarto sin que ella se pusiera brava conmigo. ¿Que cuántos años tiene? Ángela es quince años menor que yo. Es mi hermana y parecemos de la misma edad, pero podría ser mi hija. Quizás es por eso que, como mi hijo Fernando, ella piensa que todo lo que yo digo está mal. Por ejemplo, dime tú: ¿me equivoqué al decir que debemos desrizarle el pelo a Yadirisela? Esa es mi sobrina. Cuando le paso el cepillo parece una escoba. Ángela me dio una charla sobre los químicos y el daño que le puede llegar a hacer. Me dijo que no les pasara cepillo a los niños. ¿Pero y cómo hago para desenredar esos nudos? Mira, el pique que me hace coger podría quemar una parcela. Así que ahora, mejor no digo nada.

¿Tú tienes una hermana? Oh good, entonces tú me entiendes. Las hermanas no siempre se llevan bien. Pero hasta cuando peleamos, cenamos juntas, como religión. Siempre somos dos apartamentos, pero una casa.

Ella me hace pudín de pan. Yo le digo que le quedó demasiado dulce y luego todo está bien. La comida, déjame decirte, arregla las cosas.

Sí, sí, I know. Estoy aquí para hablar de conseguir un trabajo.

Pero mi punto es que yo también sé cómo ahorrar dinero. Cuando pude ganar un chin-chin más, ahorré. Y cuando los tiempos estaban buenos, siempre ganaba extra, como en winter cuando le hacía mandao a la Vieja Caridad. En aquel entonces la ayudaba un poco, ahora la ayudo todos los días, everyday sin falta, especialmente después de que se cayó en los escalones frente al building porque el súper dejó que la nieve se convirtiera en hielo. Pero óyete esto, ella ni siquiera pensó en ponerle una demanda al edificio. Todos le dijimos que lo hiciera. Pero ella dijo, Yo soy la hija de mi padre, y luego cantó, *Yo soy un hombre sincero, de donde crece la palma.* Jesú, ¡yo sí canto malo! Anyways, ¿conoces esa canción? ¿Sí? Is a good one.

La Vieja Caridad me llama y me dice, Cara, ¿me puedes hacer un favorcito y comprarme algo en la bodega? Yo lo haría encantada de gratis, pero ella insiste en darme su dinero. Y ella lo hace con gusto porque, sin que me lo pida, yo sé lo que ella necesita. Con los años que llevamos conociéndonos, esa señora es como familia. Yo le limpio el apartamento. Y no solo por arribita de las cosas como el polvo de la televisión y el estante. No. Yo me pongo de rodillas y estrego los pisos y limpio el grifo y los desagües. Le organizo la nevera para que pueda encontrar todo más fácil. Pongo en orden sus cubiertos en las gavetas. You know, cositas que marcan una gran diferencia en la vida.

Toma, dice la Vieja Caridad, y me pone veinte dólares en la mano.

No, no, le digo. Yo no lo necesito.

Toma, toma, todos necesitamos dinero.

Ella me envuelve los dedos en el dinero como hago con los niños. Yo te digo, su piel, tan fina y suave, como si nunca hubiera trabajado duro en su vida.

Jugamos el jueguito, you know?

Ella nunca tuvo hijos. ¿No te parece raro? Ni marido ni hijos. Toda su vida, vivió con su amiga de infancia. Cuando caminaban juntas, se agarraban las manos. Echaban pleitos en público como marido y mujer. Pero nadie sabe for sure porque, hasta que su amiga se murió, yo nunca había entrado a ese apartamento. Is not my business. But is weird, ¿verdad? ¿Tú no crees? ¡Ja! Su compañero ahora es el perro. ¡Ay, cómo quiere a ese Fidel! Le da comida orgánica, ¿tú me estás oyendo? Comida casera que se la llevan a la casa congelá. Si no, el perro se hace cacá donde no es. Pero el perro es chiquitico chiquitico, del tamaño de mi cartera, así que no es problema limpiar el reguero. Pero yo prefiero sacarlo afuera a que haga su cosa.

Sí, yo paseo al perro. Por la mañana y por la noche (incluso cuando llueve y cuando nieva), porque para mí no es higiénico eso de hacer cacá en la casa. Y tampoco quiero que ningún perro apeste el apartamento. No se lleva más de diez minutos pasearlo. Entre tú y yo, cuando lo camino, se siente agradable el aire fresco rozándome la cara.

¿Qué dijiste? Yes, of course que quiero encontrar un trabajo, ¡por eso estoy aquí!

Anota eso please, anótalo ahí: Cara Romero quiere trabajar.

¿Y qué es eso una persona sin ocupación? Desde que pude caminar, mamá me enseñó a coger la camisa de papá, hacerla un bollo y sacarle el diablo con una pasta de jabón de cuaba. Si Ángela, Rafa y yo no trabajábamos, nos daban una pela. Si trabajábamos mal, nos daban una pela. Si metíamos la pata, nos gritaban. Si los mirábamos raro, cocotazo. Si llorábamos por el cocotazo, otro cocotazo. Ay, coño.

Ah, pero no me mires así, como si me tuvieras pena. Todo eso me hizo fuerte, you know? Yo tenía que ser fuerte porque lo que me esperaba en esta vida. *¡Uf!*

Déjame decirte una cosa: en comparación con mi mamá y mi papá, Ricardo, mi esposo, fue bueno conmigo. Al principio éramos felices. Pero hasta la luna y la miel se vuelven oscuras y rancias. Y yo te digo a ti, si me hubiera quedado en Hato Mayor, estaría muerta. Espérate. One second. Permítame un chin de agua.

Sí, estoy bien.

Maybe tú ya hayas vivido lo suficiente pa entender lo que te voy a contar: mi esposo Ricardo no me tocaba desde que nació mi hijo. ¡Dos años! Esa es una vida entera para una mujer como yo. Es decir, look at me, si tú crees que yo me veo bien ahora, imagíname treinta y ocho años más joven con los ojos brillosos y todo mi pelo. Pero de repente te ves en el espejo y el tiempo te muerde la cara. *¡Ñánquete!* Todos esos años sin ser acariciada por alguien me convirtieron en una persona muerta.

Y entonces, apareció Cristian.

Cuando alguien te mira (pero que *de verdad* te mira), te agarra la mano y desliza un dedo por tu línea de la vida. Es imposible no caer. Y yo caí. Incluso con mi hijo durmiendo en el otro cuarto.

Fue solo una vez. Me dije, ¿Quién lo va a saber? Pero los hombres hablan cuando beben, y las palabras viajan. Mi marido perdió la cabeza.

Una noche fue a la casa donde vivía Cristian, con un machete del largo del brazo. Cristian vivía en la misma calle que nosotros, en la casa grande con los portones y los carros lujosos que iban y venían. Era un hombre tranquilo con reputación de ser bueno. Nunca le causó problemas a nadie. Cristian estaba durmiendo, yo estoy segurita y, de una, Ricardo le mochó la pierna. Un solo *fua*, en limpio.

Mi mamá siempre decía: No te metas con un carnicero. Y Ricardo podía matar y desollar un chivo en un do por tre.

Believe me, cuando escuché el grito, entendí que yo taba metía en tremendo lío. Me levanté y desperté a Fernando, empaqué lo que pude en una funda y salí corriendo. Gracias a Dios, mamá vivía a un par de kilómetros. La noche estaba tan oscura que ni siquiera podía verme las manos. Mejor así. Ni siquiera quiero pensar en qué más había en ese camino tierroso.

¿Tú has estado en el monte en República Dominicana? ¿Sí? ¿No? Oh.

Pues imagínate, mi hijo llorándome en el pecho. Yo, tratando de callarlo para no despertara a los perros, a las culebras, a lo ratone, a lo puerco. Ni un solo carro a la vista. ¿Cuántas mujeres habrán desaparecido caminando por ese camino? Pero yo no tenía tiempo de tenerle miedo a la noche ni a lo que me esperaba. Más valía que la tierra nos comiera a los dos a que yo volviera adonde Ricardo. Ese salvaje. Me iba a matar para acabar con la humillación que sentía. Olvídate del millón de mujeres con las que él había singao, pero la única vez que yo lo hago, la única vez. *¡Pss!*

Ay, podía sentir toda mi piel, toda mi vida, explotando. Tenía pavor de que mi mamá me devolviera pa donde Ricardo. Lo había dicho demasiadas veces, que no podía alimentar una boca más, y menos dos. Después preguntó: ¿Por qué te le metiste abajo a otro hombre?

Sí, yo me sentía sola, pero lo sabía en aquel entonces y lo sigo sabiendo: lo hice porque quería cambiar de vida. Eso es lo que tenemos que hacer. Pisamos la mierda apota coño, para vernos obligados a comprar zapatos nuevos. You know? ¿Por qué tú me miras así? ¿Que qué estoy sintiendo? Y qué sé yo. Yo no siento nada. I know, ¿verdad? Todo esto suena como si fuera una película. Pero te digo la verdad: esa noche, por la carretera, pasó un carro a to lo que da. Y como la vida es la vida, vino otro carro en dirección contraria y, justo frente a mí, bueno, a Fernando y a mí, chocaron. De frente. Como dos latas de Coca-Cola machucá. Un hombre salió volando por la ventana y el cuerpo cayó al suelo, ¡pra! Mi hijo Fernando lloró. Yo busqué el cuerpo, pero ni las luces del carro fueron suficiente. El otro chofer no se movía, un río de sangre le salía de la cabeza.

Yo grité. Pero ¿quién me iba a oír? ¿Cuánta gente habrán muerto de esa manera?

Supe, en ese momento que, si me quedaba en Hato Mayor, era mejor que me dejaran morir en el camino como a esos dos infelices. Quién sabe para dónde iban esa noche. Maybe eran hombres buenos. Pero la vida se acabó para ellos.

Tú te ves worry for me. No te preocupes. I am OK.

Anótalo, anótalo ahí: Cara Romero es fuerte.

Lulú siempre dice que cuando alguien me pregunta por mango yo hablo de yuca.

La próxima vez, te prometo que hablaremos de cómo tú me vas a conseguir un trabajo.

Ya yo he hablado demasiado por hoy. ¿Tú no crees?

SOLICITUD

EL TRABAJO QUE QUIERES & CO.

Washington Heights, Nueva York, NY

Por favor responda todas las preguntas:

Nombre de la solicitante: Cara Romero

Dirección: Washington Heights, NYC

Correo electrónico: carabonita@morisoñando.com

Fecha de solicitud: Primavera del año 2009

¿Es usted ciudadana de los EE. UU.? No

Si la respuesta es no, ¿está autorizada a trabajar en los EE. UU.? Sí

La entrevista oral consiste en evaluar lo siguiente:

1. Interés en conseguir empleo
2. Carácter
3. Sensatez
4. Capacidad para planificar y organizar tareas y cumplir con los plazos
5. Capacidad para encontrar soluciones alternativas a un problema
6. Habilidad para entender instrucciones verbales
7. Capacidad para motivarse a sí misma, responsable y confiablemente sin supervisión cercana
8. Habilidad para trabajar sin problemas con otros y para completar una tarea
9. Habilidad para mantener la calma en una emergencia
10. Habilidad para comunicarse efectivamente

EL TRABAJO QUE QUIERES & CO. garantiza la igualdad de oportunidades laborales. Esta solicitud no se utilizará para limitar ni excluir a ningún solicitante basados en vetos de las leyes locales, estatales y federales.

Escolaridad y preparación

Secundaria: La casa amarilla en la lomita cerca del colmado

Lugar: Calle Sin Nombre

Año de graduación: Aprendí a leer y a sumar. Mis profesores decían que yo era la más inteligente.

Título obtenido: Supervivencia

Educación superior / Universidad

Nombre: Una que no cuesta nada

Lugar: Oí que la escuela en el Bronx es buena

Año de graduación: Tal vez algún día, ¿quién sabe?

Título obtenido: Lulú me dice la Doctora porque puedo oler las enfermedades

Escuela profesional / Formación especializada

Nombre: ¿Escuela de repostería? Yo sé cocinar, pero el horno y yo peleamos.

Lugar: Cerca del apartamento

Año de graduación: Si Dios quiere

Título obtenido: El bizcocho dominicano más bueno de Washington Heights. No es bonito, pero cuando lo pruebas, te mueres soñando.

Experiencia previa

Nombre del empleador: La factoría de lamparitas

Posición: Cualquier trabajo que fuera necesario

Nombre del supervisor: ¿El bueno o el malo?

Dirección del empleador: Cruzando el puente George Washington Bridge

Fechas de empleo: 1980–2006

Motivo de salida: Se llevaron la fábrica para Costa Rica.

Puesto(s) que solicita: Todos los que estén disponibles

¿Cómo supo de este puesto?

Por los vecinos, la familia, los amigos, la Escuelita.

¿Qué días está disponible para trabajar?

Todos los días.

¿Qué horarios o en qué turnos está disponible para trabajar?

Todas las horas. Todos los turnos. Excepto entre las ocho y las diez de la noche, porque veo las novelas. Y no antes de las siete de la mañana porque necesito dormir. Después de las diez de la noche, no soy tan buena. Los domingos me gusta limpiar y lavar la ropa y visitar a Ángela y a Hernán y a los niños. Tengo que volver a la casa a las cinco para hacer la cena. Pero sí, estoy disponible todas las horas.

Si fuera necesario, ¿estaría disponible para trabajar horas extras?

No tienes ni que preguntar.

De ser contratada, ¿en qué fecha podría empezar a trabajar?
Ayer.

Salario deseado:
Suficiente para vivir. Me pagaban once dólares la hora. Comencé a $3.35 en la factoría. Pero sin horas extras no era suficiente.

Referencia personal y relación:
Lucía (Lulú) Sánchez Peña. Ella es mi vecina. Mi comadre. Like family. Pondría a mi hermana Ángela, pero no sabría decir lo que dirá de mí.

¿Hace cuántos años que conoce a esta persona?
Una vida.

¿Es usted mayor de dieciocho años?
Por desgracia, sí. Pero parezco una tinéyer. ¡Ja!

¿Es usted ciudadana estadounidense o tiene permiso para trabajar en los Estados Unidos?
¿Qué tú crees?

¿Qué documento puede proporcionar como prueba de ciudadanía o estatus legal?
Yo tengo papeles.

¿Aceptaría someterse a pruebas médicas obligatorias para detectar el uso de sustancias controladas?

¿Qué tipo de persona tú te crees que yo soy? ¿Yo parezco una tecata?

¿Tiene alguna condición que requiera acomodamientos en el trabajo?

Tengo várices que parecen piedras, en todas las piernas. Un trabajo que no me destruya sería very nice.

¿Alguna vez ha cometido un delito penal?

Bueno ... eso depende.

(Nota: A ningún solicitante se le negará el empleo exclusivamente por motivos de condena por un delito penal).

SEGUNDA SESIÓN

Ay, pero tú estás muy seria hoy. Yes, yo sé que tenemos mucho trabajo pendiente, pero primero me voy a tomar un chin de agua si eso no te molesta. Yes? OK.

¿Y para qué es este papel? ¿Más preguntas?

¿Cuáles son sus fortalezas?

¡Ja! ¿Y eso todavía no está claro?

¿Cuáles son sus debilidades?

¡Pss! ¿Esta pregunta es un gancho? OK, OK. Voy a seguirte el jueguito.

¿Cuál es mi fortaleza? Mmm . . . Primero déjame ponerme pintalabio. Me ayuda a pensar.

Pero en serio, ¿fortaleza? Cuando lo preguntas, la mente se me paraliza. *Pra.*

Maybe a veces soy demasiado fuerte. Pero una madre tiene que ser fuerte.

Como una vez, cuando Fernando, mi hijo, tenía trece años, y quería salir para juntarse con unos tígueres de la calle. Ángela vivía conmigo. Recién llegada. Era chulo tenerla con nosotros, pero ella siempre me miraba raro cuando me veía con la chancleta en la mano.

Fernando trató de salir del apartamento, incluso después de que le dijera que no. Yo le daba por los hombros. Caminó hacia a la puerta y, cuando vio que yo estaba parada en el medio, la nariz se le ensanchó hasta aquí y las cejas se le juntaron juntiticas. Así que lo empujé para el otro lado. Se cayó para atrás y se dio un totazo en la cabeza con la pared.

No había sangre. Él estaba bien, fue un accidente. Yo lo que no quería era que saliera. Esos delincuentes le dan dinero a los muchachos para que entreguen paqueticos. ¡Es mi responsabilidad mantenerlo a salvo! Mira a Jorge, ese niño de mi building a quien lo suspendieron de la universidad por andar vendiendo droga. Estaba en una de las mejores escuelas del país, maybe del mundo.

¿Pero tú sabe lo que hizo Fernando al otro día? Le dijo a su teacher que yo lo había empujado y le enseñó el chichoncito que tenía en la cabeza, ahí en la parte de atrás: una picá de mosquito. Y la teacher reportó una denuncia de abuso. ¡Abuso! La semana después fueron a hacer una inspección al apartamento. Me hicieron un montón de preguntas. Abrieron la nevera para ver si había comida. Entraron a su habitación a ver si la cama tenía sábana. Pero, claro, vieron que en mi casa Fernando tenía más de lo que cualquier muchacho necesita.

No podía ni verle la cara. Me rompió el corazón. Le dije: ¿Tú quieres vivir en una casa con gente extraña que cogen el dinero del gobierno para comprar droga? Es eso lo que tú quieres, ¿eh?

No, mami, I'm so sorry. Lloró como un baby. Fue que él no pensó en las consecuencias.

Solo una madre conoce este sufrimiento. Si Ángela no hubiera estado mirándome, hubiera cogido la chancleta y le hubiera dado una pela de verdá, coño, pa que viera.

Después, unos años después, cuando él se fue y no volvió, Ángela se puso muy brava conmigo. Ella está muy equivocada al decir que fue mi culpa. Ella piensa que soy una mala madre porque dizque Fernando me tenía miedo. Pero ella no entiende. Yo le enseñé qué hacer cuando la policía lo parara. Si le pregunta a dónde va. O qué está haciendo. O de dónde viene. Le dije que no gritara ni echara pestes. Que sea cortés y siempre enseñe las manos. Que respire y pregunte, ¿estoy bajo arresto? Que pregunte, ¿me puedo ir? Y que, bajo ninguna circunstancia, never, se aleje hasta que el policía diga que is OK, que se puede ir.

¿Tu mamá te enseñó eso? ¿No? Tú ves, por eso soy una buena madre. Porque muchas mamás no les enseñan a sus hijos a comportase frente a la policía y por eso tenemos tragedias. La policía no cuida a nuestros muchachos. We, nosotras tenemos que hacerlo.

Yo le dije a Fernando que le sacara los pies a esos chupacabras del barrio. Que me usara a mí como excusa. Que me pusiera el nombre que quisiera, siempre y cuando todo el mundo tuviera claro que yo tenía los ojos encima de él.

Por lo menos, cuando vivía conmigo, nunca cayó preso. Nunca preñó a una carajita. Y le iba bien en la escuela. Todo eso es un éxito para mí.

Y cuando Ángela y Rafa, el hermano de nosotras, llegaron a Nueva York con los ojos cerrados y la boca abierta, también tuve que cuidarlos y atenderlos. Ángela tenía veinticinco años y Rafa, treinta y dos. Eran adultos, pero la nieve los cegó. Vivimos juntos por un par de años. Trabajábamos todo el tiempo. Ellos eran mi responsabilidad. Pero fue bueno porque éramos unidos y creo que estábamos felices juntos.

Después de que Rafa se fue a vivir con Miguelina, Ángela se quedó conmigo. En esos años, Ángela se llevaba a Fernando para todos lados porque ella quería conocer Nueva York. Fernando le traducía. Para aprender inglés fueron a ver muchísimas películas juntos. Yo hice todo lo posible para que Ángela pudiera estudiar y se hiciera profesional. Inclusive llegué a trabajar los sábados y los domingos. Dos y hasta tres trabajos, para que ella pudiera concentrarse y conseguir el diploma.

En vez de comprarme algo, me aseguraba de que mi hijo y mi hermana tuvieran lo que necesitaban para poder progresar. Fui yo quien inscribió a Ángela en el programa ESL. Yo fui la que la ayudó a sacar su GED. Y desde el día que aterrizó en el aeropuerto Kennedy, le conseguí el trabajo en la factoría para que pudiera ganarse sus chelitos, you know, make money. Ayudé a Ángela a conseguir un apartamento en el building para que Hernán pudiera mudarse con ella y comenzaran su vida juntos.

¿Yo pensé en *mi* futuro? No. ¿Y tú te crees que ella se acuerda que fui yo quien la salvó de que algún burro le destrozara la vida? No. En Hato Mayor no hay opciones para mujeres como nosotras. Yo no puedo ni contar la cantidad de hijos que tienen muchas de mis primas con diferentes tipos que no aportan ni un plátano. Sin mi sacrificio, Ángela no tendría todos esos diplomas en la pared. No tendría todos esos amigos elegantes de Downtown. Ahora ella anda por aquí con la nariz pa'rriba.

Ay, necesito un chin más de agua. ¿Me permites un vasito? Gracias. Desde la operación, no se me quita una sed.

Ay, sí, a mí me operaron. Unos días antes de la primera reunión. ¿Y tú viste que yo me estaba muriendo del dolor esa semana? Claro que no. ¿Y cancelé nuestra reunión? No. Incluso cuando siento que me estoy muriendo de un dolor, yo cumplo con mis compromisos.

Ahora te ves horrorizada. Ay, tú, pero no te preocupes. I'm OK. Solo me sacaron un quiste.

Lo que pasó es que, hace unos meses, sentí un dolorcito en el lado izquierdo, aquí mira, por aquí. Y yo no había ido a ver un doctor en mucho tiempo porque no tengo el seguro médico. Pero cuando a mi amiga Glendaliz le dio cáncer en el colon, tuve la sensación de que también tenía que hacerme un chequeo. Por mí, Glendaliz pudo descubrir su cáncer a tiempo. El cáncer le dio un olor en la piel como a mango, de esos que se encuentran tirao por la playa. Huelen tanto dulce como salao. Incluso por encima del olor del bizcocho que hice para el hijo de Glendaliz, cuando ella me abrazó, se me engranojaron todos los vellitos del brazo.

Sí, yo tengo un sentido del olfato increíble. Es mi amigo y mi enemigo. Algunos olores me pueden dar un dolor de cabeza que me hace caminar como si el ceiling se me estuviera cayendo encima. ¿Pero y qué yo puedo hacer? Tengo la nariz como de un perro. ¿Ves este bultico de aquí? Parece que me la rompí, pero no, ese es un pellizco de Dios.

Cuando era jovencita yo no entendía por qué algunos olores humanos, esos pequeños olores que la gente no detectan, me daban dolor de cabeza. Pero ahora entiendo. Tú no te puedes ni imaginar a cuántas personas he salvado o pude haber salvado de grandes calamidades si solo hubieran escuchado mi nariz.

So yes, cuando sentí el dolor, traté de esperar hasta que consiguiera el seguro. Mi seguro médico voló cuando la factoría se largó. Pero cuando digo que sentí el dolor, no podía usar nada sin elástico porque tenía el estómago inflamado. I couldn't wait, ay, no.

Encontré a un doctor que me dijo que, si yo hacía el pago inicial, podía pagar un chin cada mes. Así que hice el pago inicial y ahora pago la operación todos los meses. Pero no te preocupes, apliqué para ver si el Obama pagaba la cuenta por mí. I hope.

La operación, dijo el doctor, solo iba a tomar unas cuantas horas y solamente un par de días de recuperación. La mayoría de la gente se toman muchos días libres, pero yo como quiera vine a verte. E incluso, aunque el doctor dijera que alguien tenía que recogerme del hospital, yo no le dije a nadie del quiste.

Lo hice todo sola. ¡Así de increíble soy yo!

Cuando el médico preguntó si alguien iba a venir a recogerme, le dije que sí, que ya mismo venían a buscarme.

Los dedos me temblaban *así*, mira, *así*. Y las piernas también. El dolor en el estómago. ¡Ay, me dolía, no tienes i-de-a! Más de lo que pensaba. Pero recogí mis cosas para irme para mi casa.

Pero esta enfermera gringa me cayó atrás. Miss! ¡Seniora! ¡Espera! ¡Nou puede salir!

Tú no me vas a decir lo que yo tengo que hacer, eso era lo que quería decirle.

El reglamento, de policy, dijo la enfermera, moviendo la cabeza y la cola como hace Fidel cuando entro al apartamento de la Vieja Caridad. La enfermera me dijo que me sentara y esperara o vomitaría o me desmayaría.

¿Puedo teléfono a your family por tú?, preguntó.

I'm OK, thank you, dije, aunque la barriga me tenía ciega.

Lo siento, Ms. Romero, pero you debe estar compañía. Sienta en sala, dijo.

¿Baño, please?

Ella me enseñó dónde quedaba el baño. Al lado de la salida.

¡Ja! Cuando dio la espalda, me escapé y cogí un taxi.

Mira, yo no soy de andar molestando a la gente. No way. Todo el mundo está ocupado con sus problemas. No pueden estar tomándose tiempo libre para recogerme del hospital. Así que no, no molesto a nadie.

Me dolía todo, pero salí de ese hospital con la frente en alto.

Ay, tú, ese pobre taxista estaba tan preocupado.

Preguntó, ¿Adónde?

Yo no podía recordar dónde vivía, te lo juro. Se me puso la mente en blanco.

Miss, you OK?

Fort Washington, dije.

Tuve que luchar para no vomitar. Todo me hacía sentir mal. La vibración del carro. El olor de los asientos. Me sentía horrible. Ay, Dios mío. Vomité en el asiento y en el vidrio entre el chofer y yo. Pero afortunadamente no había comido nada ese día así que el tollo no fue muy grande.

Miss! Miss!

El hombre intentó detener el carro, pero había mucho tráfico. Como soy fuerte, alcancé a abrir las dos ventanillas para que entrara un chin de aire. Y el aire frío se sintió bien. Entonces limpié mi reguero. Siempre ando con servilletas en la cartera, de las secas y las mojadas. Incluso, ando con fundas plásticas para emergencias como esta.

Anótalo ahí, apúntalo ahí: Cara Romero siempre está preparada.

I take you to hospital, dijo.

No, no, yo estoy bien, dije.

Yo parqueo. Yo ayudo, OK?

No, please. Fort Washington.

Eso no pasa todos los días, you know? ¿Una persona a la que tú no conoces, con sus propios problemas, que se ofrezca a ayudarte? Cuando llegamos a mi edificio, se bajó del carro para abrir la puerta. Salí del taxi y, con todas las pocas fuerzas que me quedaban, me puse de pie. Y sonreí. Como te dije, prefiero morirme antes que molestar a alguien, Jesú . . . Le di una buena propina al hombre. Cuando miró en el asiento trasero, me di cuenta de que estaba impresionado. Allí no quedó ni rastro de mí en el carro.

No te puedo decir cómo subí las escaleras. Por supuesto, el elevador estaba jodido ese día. Esa noche le dije a la Vieja Caridad que no podía hacerle cena ni pasear a Fidel. Al día siguiente, Hernán vino a tomarse un cafecito y habló y habló y lo escuché quejarse de su trabajo en el hospital. Ángela trajo una comida que se le estaba dañando en la nevera. Pero ¿se dio cuenta de mi condición? Por supuesto que no. Sus ojos siempre en el espejo. El teléfono siempre en la mano.

Lulú sí se dio cuenta que tomé unos sorbitos muy chiquitos de vino. Que no había nada cocinándose en la estufa. Que la ventana de la cocina estaba cerrada. Siempre la dejo abierta, incluso los días más fríos, porque yo tengo un fuego ardiendo por dentro. Pero ese día tenía un frío en lo hueso.

¿Qué tú tienes?, preguntó.

Cansada que estoy, le dije.

Yo no necesito que nadie me esté diciendo que todo va a estar bien. Of course que voy a estar bien. ¿Qué otra opción tengo yo? ¿Quién tiene el lujo de tener a alguien que lo cuide, que lo atienda? Tal vez solo mi hermana Ángela, que se casó con un hombre como Hernán.

Déjame darte un consejito, enamórate del hombre que te quiera más a ti que tú a él.

¿Tú tienes un buen hombre en tu vida? ¿No? Deberías asegurar a alguien mientras todavía estás joven. Ángela lo hizo así y mira lo bien que le ha salido la cosa. Hernán se encarga de todo. De la comida, de los niños y de ella.

No es nada fácil encontrar un buen compañero. A esta edad, not easy. Yo prefiero estar sola que mal acompañada. Así que, si puedo hacer las cosas por mí misma, las hago.

Lulú me entiende. Al rato, me trajo una sopa de pollo, con arroz, sin fideos, como a mí me gusta. Y un termo grande con té de jengibre, cúrcuma, ajo y miel.

Si le hubiera dicho a Lulú que me había ido a operar sin decirle nada, se hubiera puesto brava.

Pero ella es igualita que yo. Hace tres años, ella tenía un dolorazo en un diente que la tenía masticando de un solo lado. Puede que ella engañara a todo el mundo, pero a mí no. Ese dolor le duró semanas. No pudo hacerse el ru'canal de una vez porque no tenía seguro y tuvo que ahorrar dinero pa pagarlo. Yo también tenía dolor en los dientes. Pero fui al dentista y resolví, aunque ahora tenga que pagar de a poquito todos los meses, porque no quiero ser una vieja sin dientes.

Para suerte de ella, yo sé de muchos remedios. Fricé unas bolsitas de té de menta para que se las pudiera poner en la boca y así ayudar que el dolor desapareciera. Cuando se las llevé, su hijo Adonis estaba sentado en la cocina. Lulú le estaba sirviendo un bistec, porque eso es lo que a él le gusta.

Are you OK, mami?, le preguntó Adonis.

¿Y tú sabes lo que hizo? Le dio una mordida al bistec y lo masticó. Hasta sonrió. Mira que yo sé que esa vaina duele como el diablo.

Ay, ahora soy yo la que está demasiado seria. Por eso es que yo prefiero no hablar, porque si uno no habla, es más fácil olvidar las cosas de la vida.

¿Tú me permites que yo busque otro chin de agua? Estos vasitos son tan chiquito.

¿Algo que me guste hacer? OK, ahora te digo.

Todas las noches, Lulú viene con dos copas de vino (no la botella entera, porque a Lulú le gusta ahorrar vino). A ella le encanta el vino. Algunos días, nos sentamos por horas y vemos la cámara en el lobby. Desde que esa gente que pueden pagar el doble de renta se mudaron para acá hace unos cuantos años, de management, que es *así*, uña y mugre con la policía, instaló una cámara que vigila la puerta del building. Si ponemos la televisión en el Channel 15, podemos ver quién entra y sale las vein-ti-cua-tro-ho-ras-del-día, mi amor.

Y la verdad es que, cuando no hay novelas, así es como nos entretenemos. Porque ya no nos podemos sentar afuera para tomar un chin de aire con el radio encendío como hacíamos antes. Pasábamos tanto tiempo afuera que amarrábamos las sillas con cadenas a las escaleras del lobby. El súper anterior que vivía en el basement sacaba la parrilla pa el barbecue. Y le echábamos pollo, hamburger, todo lo que queríamos, everything. Y de management nunca dijo nada. Nothing. Pero ahora, todo es un peligro y dizque puede causar un incendio. Please.

Podíamos hacer lo que quisiéramos antes de que el hospital abriera todos los laboratorios y esas otras gente se mudaran. Y es bueno que ahora de management no permite que el elevador se quede dañado por semanas y que en el lobby haya un cuadro de unas montañas colgado de la pared. Hasta pusieron unas maticas en el pasillo, son de plástico, pero se ve fancy, you know? Elegantes. Pero ahora la policía te da un tique si te sientas afuera o prendes el radio. ¿Tú puedes creerlo? El punto es que nos quieren tirar pa la calle, como si no hubiéramos estado aquí primero.

A mí no me importa que no pase nada en el Channel 15. Lo dejo puesto el día entero. A veces, el chamaquito del 2F voltea la cámara hacia la pared para poder vender en el lobby. No *drogas* drogas, sino pastillas para el dolor que le compra a las viejas del edificio que tienen Medicaid. Yo me tomé una de esas pastillas hace muchos años, cuando tenía dolor en la espalda por trabajar en la factoría. No podía ni levantarme. El médico insistió que me las tomara. ¿Y sabes qué? Esa pastillita me vació. Por un día enterito no pensé en mi hijo Fernando. Todo mi sufrimiento, borrado. Eso fue el diablo, que te lo digo yo. Las boté juyendo en el zafacón.

El Channel 15 se pone interesante cuando la gente llegan a su casa. Veo a mi vecina Tita y a su hija Cecilia (ella nunca se desarrolló y, en los veintitantos años que llevo conociéndola, siempre ha estado en una silla de rueda). Veo a Fedora y su gran greña siempre cargando some caja. Incluso pillé a mi hermana Ángela y a Hernán agarrados de mano (a su edad). Can you believe that?

Cuando veo a la Vieja Caridad en el lobby por el Channel 15, bajo a ayudarla. Ahora solo puede caminar con el bastón. Ay, eso de estar viejo y tener que esperar por ayuda. Jesú . . . Lo único que ella quiere es estar afuera y tomar sol. Me pongo los zapatos y un chin de pintalabio y bajo a ayudarla. Pero cuando llego, alguien ya está abriendo la puerta. Is OK, siempre puedo usar diez minutos de sol. Voy y me quedo afuera con la Vieja Caridad. Ella y yo lo sabemos: el secreto para una larga vida es coger por lo menos diez minutos de sol al día.

Yes, ese podría ser un buen trabajo para mí. Yo podría cuidar a la gente mayores. Yo sé lo que necesitan antes de que *ellos mismos* sepan lo que necesitan.

Por ejemplo, le dije a la Vieja Caridad que se hiciera un chequeo de sangre porque yo olía que algo no estaba bien. Además, veo como que los ojos se le van más y más, así como en la distancia, como si me estuviera mirando más pa'llá de la oreja. Cuando eso pasa, la llevo a su apartamento y le preparo un té verde con miel porque, you know, el té ayuda a concentrarte. Cuando me dio la menopausa, se me estaban olvidando los números de teléfono y los nombres de las cosas. Lulú me dijo que bebiera té verde. Todos los días nos bebemos dos tacitas para mantener la mente. You know?

Pero, anyways, Lulú y yo nos dimos cuenta de que más gente rara iban y venían. Y no rara como hace años, cuando el 3H era un punto de droga. No, en su mayoría muchachos jóvenes de quién sabe dónde, con maletas y mochilas.

Si nosotros, que hemos estado en ese building por décadas, le rentamos el apartamento a alguien, es dizque ilegal, pero esta gente nueva, que pagan el doble del precio, hacen que este edificio sea como un motel. Nosotros no le rentamos habitaciones a personas extrañas que van y vienen. Se la alquilamos a alguien de confianza y por meses. Por ejemplo: Pargat Singh. Era un jovencito tan agradable. Hace muchos años cuando yo necesitaba dinero, le alquilé la habitación de mi hijo Fernando. Créeme, eso no fue fácil porque yo le había guardado su cuarto exactamente como él lo había dejado, esperando que volviera. Siempre, pongo un plato en la mesa para Fernando cuando yo como. Always, cuelgo una toalla para Fernando en el gancho del baño.

Pero lo que estoy tratando de decir es que le renté una habitación a Pargat, que vino de Las Indias para trabajar en el hospital. A él le encantaba vivir conmigo porque podía entrar y salir del laboratorio a cualquier hora para chequear sus experimentos. Estaba solo, sin familia. Como no lo dejaba usar la cocina, cada vez que yo cocinaba, le daba comida. Al principio, no comía para ser dizque cortés, vainas de por allá. Pero luego se soltó un chin y comió. Todavía hoy, cuando anda por el barrio, me trae pan dulce o alguna cosita y me saluda.

Estas otras personas extrañas que entran y salen del edificio, ¿qué traen? Chinchas y criminales. Que te lo digo yo: el crimen está por los cielos.

Estos son más motivos por los que Lulú y yo tenemos que ser como guachimanas. Salvo que, desde hace unos días, Lulú ha abandonado su puesto. La semana pasada estábamos en mi apartamento y su hijo Adonis apareció en el Channel 15. Estaba en la entrada, pero no tocó la puerta. Era como si se le hubiera olvidado el número del apartamento de su propia madre.

¡Cara, abre la puerta!, gritó Lulú.

Punché el botón para dejarlo entrar. Lo vimos entrar al lobby y caminar hacia el elevador.

Lulú, como una gallina sin cabeza, bajó corriendo a su apartamento a esperar a su príncipe. Pero cuando Lulú se fue, vi a Adonis entrar y salir de la cámara, entrar y salir. Pero no subió. Se fue del building.

Eso fue tan raro. ¿Por qué viajar desde Brooklyn para quedarte simplemente en el lobby? *Jum* . . .

Ay, pobrecita Lulú. Después, se desinfló como una vejiga en la mesa de mi cocina.

Dije, Déjame hacerte un cafecito. Él tal vez vuelva.
Estaba tratando de no mostrar que yo estaba un chin feliz.
Sí, sí. Es feo, pero estaba un chin-chin feliz, no mucho, un
chin. Finalmente, ella pudo sentir la angustia de un hijo que
abandona a su madre. Yo espero que tú no pienses que yo soy
una mala persona. Yo adoro a Lulú. Claro. Nunca hago nada en
la cocina sin sacarle lo suyo aparte a Lulú.

¿Que cuándo nos conocimos? ¡*Uf!* Todo el mundo conoce a everybody en ese building. Pero Lulú y yo en sí no nos *conocíamos*.
Siempre trabajando. Pero hay un tubo que va desde el ceiling hasta
el piso de su cocina y la mía. Podemos oír todo lo que pasa a través
de ese tubo de hierro. Cuando los niños todavía vivían con ella, los
pleitos, ay, los pleitos. ¿De qué? I don't know. Ella se cree que sus
hijos son perfectos. Pero yo sé cuál es la realidad.

Ella cree que, porque su hijo fue a esa escuela buena y tiene
un trabajo en el banco, la va a atender cuando ella se ponga
vieja. Good for her; yo quiero cosas buenas para Lulú. Pero, ¿en
serio? ¿Por qué ella no puede cerrar la boca con eso? Ella sabe
que no puedo contar con Fernando para que me atienda.

Lulú también tiene una hija: Antonia. Ella nunca la visita.
Solo estudia y estudia y estudia. Tiene una montaña de diplomas. ¿Y adivina qué? Ni siquiera tiene un trabajo con benefits.
Ella escribe poesías. Todo sobre Lulú. Y no muy nice. Antonia
escribió un libro y se lo dedicó a su mamá, I mean, Lulú la crio,
sin ayuda del pai. Pero ahora, Antonia asquerosea a su mai. Eso
es lo que los terapistas te obligan a hacer. Te hacen que asquro-
sees a tu madre. To e culp'e la mai.

Mira, si Lulú no hubiera sido fuerte con su hija, ahora la muchacha tuviera un hijo con algún atrabancao. Nunca hubiera ido a la universidad ni hubiera escrito esa poesía que supuestamente le ganó un premio de mil pesos. ¡Mil dólares! Ella lo que debería de publicar es una carta de agradecimiento a la chancleta de su mamá. ¡Esa chancleta le salvó la vida!

Apuesto a que Fernando fue a terapia. Apuesto a que me aquerosea.

¿Tú vas a terapia? Sí. Ah. Interesting. ¿Y asqueroseas a la madre que te parió?

Ay, I'm sorry. No, no, no necesito más agua. Pero thank you.

Lulú y yo nos hicimos amigas después de que mi hijo Fernando se fue. Yo estaba hecha un desastre. Me quedaba acostada, se me olvidaba comer, bañarme, peinarme, Jesú. ¿Tú has visto el mapo que usamos para trapear? Ese. ¿Manchao, con los flecos sueltos? Esa era yo cuando Lulú se hizo amiga mía.

Un día abrí la puerta del elevador y ella estaba ahí. ¿Tú has visto cuando alguien te asusta como si fuera un fantasma? La cartera mía voló y mi pintalabio, mi cambio, mis Kleenex, mi monedero, mis llaves, mis aspirinas, mi guineo para cuando me diera hambre, todas las fotos de mi hijo que cargaba para cuando le preguntara a extraños si lo habían visto, todo eso desparramado por el suelo.

Sorry! Sorry! Le dije, porque no podía recoger mis cosas, lo que no es nada normal para una capricornio. Las capricornianas son sólidas como una mata. Pero yo estaba tan perdida sin Fernando.

You need help? ¿Un cafecito?, preguntó Lulú.

Imagíname tú a mí, en el piso, mirando a Lulú con su pajón naranja. Yo quería un café. No quería volver a mi apartamento vacío. Los vecinos decían que Lulú se creía que era mejor que los demás porque, como te dije, su hijo iba a la universidad fancy esa y su hija era escritora. Pero ese día ella fue muy amable conmigo, very nice. Y como Lulú no es organizada como yo, y a mí me gusta estar ocupada, mientras ella hacía el café yo cogí la escoba y le barrí el piso. Entonces vi una foto de Adonis en la pared de su casa, y me convertí en una fuente. Y grito y grito y grito.

Lulú me dio una caja de Kleenex. Prendió el radio. Ella encendió la estufa para hacerme cena y me dijo que me podía quedar allí todo el tiempo que necesitara, para desahogarme.

¿Que nunca habías escuchado esa palabra? Pero tú me dijiste que eras dominicana. ¿Tú no entiendes mucho español? Ah, solo un poquito. OK. Desahogarse: como no drowning; ajá, undrowning, llorar hasta que no necesites llorar más.

Anyways, cuando Fernando se fue, Lulú hizo algo por mí que ni siquiera mi hermana Ángela haría. Cuando Ángela me vio llorando, mi hermana, dijo: Tú te estás ahogando en un vaso de agua.

Yo te digo a ti, esa Ángela es fría. ¡Pero fríía! ¡Pss! Esa niña no tiene feelings for me.

Lulú no. Ella entendió que yo tenía que llorar hasta que me desahogara por dentro, hasta que me undrowning from adentro. *Jum*, sí.

Ay, y yo te veo ahí escribiendo tanto. Apuntando tantas cosas. Es verdad, tú puedes escribir un libro sobre mí, porque lo que yo he vivido tiene cien capítulos.

La verdad es que, todo esto, estar aquí, contigo, hablando tanto, me ha tomado por sorpresa. No me gusta hablar de mis problemas. La gente hablan y hablan y hablan y yo no digo nada. Punto final.

¿Tú me permites tomar un descansito?

Oh, ya veo, se acabó el tiempo. Finí.

¿Hay un espejo en el baño?

ESTADO DE NUEVA YORK

BENEFICIOS DEL SEGURO DE DE-SEMPLEO

Departamento de Trabajo

Antes de hacer un reclamo debe crear una cuenta

Nombre del usuario: Carabonita

Correo electrónico: carabonita@morisonando.com

Contraseña: Fernando1980@@

¡Bienvenida, Carabonita!

Preguntas de seguridad de donde escoger

¿Cuál es el apellido de soltera de su abuela materna?

Nadie se acuerda. Le decíamos Mona porque cuando todavía estaba casada con abuelo, dizque se enamoró de un haitiano que viajó a París para hacer negocios y se murió en el avión o en el tren o en el carro. La historia siempre es distinta. Ese haitiano se volvió loco con la sonrisa de abuela. Le dio dinero a un artista para que le pintara la cara en una pared de la tienda en Hato Mayor. El mural todavía está ahí. No se puede ver bien, pero aun así. Le decimos la Mona Linda. ¿Tú conoces esa pintura? Muy famosa, sí. Mira, si el haitiano no se hubiera muerto, abuelo le hubiera mochao la pierna. Abuelo no era un hombre fácil. ¿Pero aprendí? No. Me casé con Ricardo anyways.

¿Cuál es su serie de televisión favorita?

Sin senos no hay paraíso. Ese programa le fascina a everybody.

¿Cuál es su verdura o fruta favorita?

El zapote, especialmente en batida. Pero si alguien te lo pica, es mejor.

¿Cuál era el nombre de su primera mascota?

¿Mascota? Yo no sé cómo es que los americanos tienen animales dentro de la casa. Yo no digo nada. Fidel me cae bien, el perrito de la Vieja Caridad. ¡Pero ella lo deja comer de la cuchara! Ay, no, eso no es higiénico no.

¿Cuál es el nombre de su mejor amigo de infancia?

Mi mamá no cree en amigos.

¿Cuál era su número de teléfono de infancia, incluido el código de área?

Teníamos que ir al colmado a llamar a la gente. Yo no me acuerdo del número.

¿Quién fue su primer empleador?

La abogada me dio trabajo para, supuestamente, limpiarle la casa cuando yo tenía doce o trece años. Pero en vez, me hizo arreglarle las uñas al marío y sacarle caspa. Vaya abogada que era.

¿Cuál es el apellido de soltera de la madre de su cónyuge?

Llámela la Virgen María. Es un milagro que Ricardo haya nacido.

¿Cuál fue el primer concierto al que asistió?

Ay, al de José Luis Perales. ¿Conoces la canción? *Y cómo es él . . . En qué lugar se enamoró de ti . . .*

¿Qué materia o clase no le gustaba en la escuela?

Yo aprendo todo lo que se pueda. O te quedas ignorante o te educas. Punto.

¿Cuál era su personaje favorito de historietas cuando era niña?

¿Libros? ¿Muñequitos? ¿Niña? *¡Ja!* Nunca fuimos niños.

¿De qué banda tenía un afiche en la pared cuando estaba en la escuela secundaria?

Pero es verdad que los americanos no tienen ni idea de cómo uno vive, de lo que es la vida para nosotros.

TERCERA SESIÓN

Ay, sorry que llegué tarde. Discúlpame please. No vayas tú a creer que yo soy de las que llega tarde.

Yes, yo me siento bien. Hasta que no la mencionaste, ni me acordaba de la cirugía. ¿Que cuándo fue? ¿Hace como tres semanas?

El motivo por el que llegué tarde es porque Lulú no aparecía. Tú tienes que entender, yo soy capricornio, y cuando una capricornio lleva una rutina, se necesita un terremoto para moverlas, ay, sí. Everyday, Lulú va a mi apartamento a tomarse un cafecito, porque yo lo cuelo mejor. Entonces, cuando Lulú no apareció hoy, perdí la comprensión del día.

Por diez años, Lulú y yo tomamos la guagua juntas para ir a la factoría. Everyday. Entonces, cuando eso se terminó, íbamos juntas a la Escuelita, por allá por Harlem. Y ahora, aunque la Escuelita finiquitó también, ella sigue yendo a mi apartamento todas las mañanas y hablamos de lo que soñamos. No, no los sueños que hacemos para el futuro, sino los sueños de cuando dormimos y recibimos información sobre la vida. A veces no sabemos lo que nos está pasando, pero los sueños sí lo saben. Así que debemos escuchar. Oíste. Pueden ser como mensajes de algo más grande que nosotros. Lulú necesita mi ayuda para interpretar sus sueños y para poder elegir los números que juega los domingos.

No se pierde nada intentarlo, ese es su lema de la lotería. *¡Ja!* Ella pierde unos cuantos pesos, dólares, dólares todas las semanas, pero también gana dinero. No te preocupes. Ya le advertí que jugar números y palés es peligroso cuando no se tiene un trabajo.

Entre tú y yo, mis sueños son más interesantes que los de Lulú. Ella sueña con dientes cayéndose. Muy normal que la gente se sueñe eso. Yo tuve un sueño en el que la cama se convirtió en un bote, entonces estoy en el agua y veo a este hombre y se voltea para mirarme. Era Fernando. Traté de tocarlo, pero, cuanto más me acercaba, más lejos se iba. Me desperté con la bata empapada de sudor.

Ay, yo sé, I know, yo no estoy aquí para hablar de Lulú. Pero estoy preocupado por ella. ¿Cómo puedo pensar en jobs? Esta mañana, Lulú no apareció, y no cogió el teléfono. Es más, el weekend entero estaba dizque ocupada. No dijo con qué, pero desde que vimos a su hijo Adonis en el Channel 15, Lulú me está evitando. Ay, sí. Estoy preocupada porque ella nunca había hecho eso.

Óyete, es que no es fácil ser madre. *Jum.*

Todo el mundo por allá usa a Adonis como un buen ejemplo cuando hablan con sus hijos. Sus diplomas y certificados cuelgan en la entrada del apartamento de Lulú. Enmarcados, incluso los de la escuela primaria. *The Best Lector!* *¡Asistencia Perfect!* Adonis salió blanquito, con el pelo bueno, y no me digas que eso no lo ayudó con sus notas en la escuela. Y, sin embargo, me di cuenta desde la ventana que, cuando él era chiquito, Lulú lo agarraba de la nuca, así, con fuerza, como si lo estuviera conduciendo. Una madre sabe cuando la piña está agria.

¿Y quién puede culparla? La calle quería muchachones como Adonis. También quería a mi hijo Fernando, así que nos agarramos con fuerza. Y Lulú sabía que a Adonis le encantaba el dinero, *he love it.* De seguro que vender drogas lo hubiera mandado a la cárcel. Pero a esos hombres de los bancos que le arruinaron la vida a todo el mundo y hicieron que la gente perdieran sus casas nadie los está encerrando ni metiendo preso. *¡Pss!* Así es que, yo tengo que dársela a Lulú. Ella se las arregló para criar a un hijo que es muy exitoso.

Entre tú y yo, Adonis es especial. Ella nunca le dijo que no, y lo convirtió en un monstruo. Un mocoso actuando como un príncipe. Todo lo que Adonis quería, Lulú se lo daba. Ella lo crio haciéndole creer que el mundo iba a hacer lo mismo.

Yo fui fuerte con Fernando. Le dije a Lulú que tenemos que ser padre y madre a la vez, y eso significa decir que no. A Fernando le tuve que decir no y no y no *many times*, pero es porque era diferente a los otros muchachitos. En la escuela, cuando era chiquito, *little*, los niños le quitaban todo y él no peleaba. Eso me daba un pique porque, en esta vida, si no tenemos cuidado, la gente se aprovechan de nosotros. Tenía que ser fuerte porque no quería que él terminara siendo . . . *You know.* Diferente.

¿Cómo te explico? ¿Tú has ido a bailar? Bueno, hubo un tiempo en que Lulú y yo íbamos a bailar a El Deportivo casi todos los viernes por la noche. Mi amor, yo me maquillaba y siempre me daba un tire, you know, nice clothes. Y entonces, como bailo como una pluma, no me sentaba. Tú te sabes la canción de Los Hermanos Rosario que dice: *Esa muchacha sí que baila bueno* . . . ¡Ellos escribieron esa canción por mí! Ay, sí, para que tú sepas. Los hombres siempre me sacaban a bailar, incluso habiendo mujeres más jóvenes y que andaban con ropa chipi, tú sabe, de trapera. Cuando yo iba a bailar, me olvidaba de mi vida.

Disfrutaba la sensación de que me tocaran la espalda en el punto exacto. En mi experiencia, no todos los hombres saben cómo agarrar a una mujer. La mano, demasiado alta en la espalda, como si no se conocieran. En la pista de baile no hay espacio para un hombre así. Jesú. Un hombre sin dirección. Y lo peor es encontrarte atrapada con alguien así cuando la canción dura una eternidad. No te puedes parar en medio de la pista. Es demasiado vergonzoso para ellos. Pero esos hombres no son libres. Son blanditos.

Yo no quería eso para Fernando.

Cuando él todavía era adolescente, hicimos un fiestón de Navidad, a big big party. Todo el building vino a mi casa. Yo hice muchísima comida. Rafa era el DJ. Bailamos hasta las tres de la mañana; eso ya no pasa. Esa noche Hernán trajo a su primo Elvis al party. Vino de visita de la República Dominicana, pero él era diferente.

You know, diferente, como blandito, *soft*.

La botella de coñac y todas las Presidentes se habían terminado. Las paredes estaban mojadas con sudor. Everybody medio prendío por la bebida. La música a to lo que da. La televisión en mute. Las luces navideñas on y off, prendían y apagaban. Los regalos, abiertos.

Y yo no encontraba a Fernando.

¡Fernando! Grité por encima de la música. Y luego lo vi, separándose de Elvis, los pies moviéndose en una dirección, los ojos en otra.

Lo agarré por un brazo y lo jalé pa donde mí. Olía diferente: menos vainilla, más cloro. Yo no sé lo que vi, pero soy madre. Algo había cambiado en el rostro de Fernando. Sus ojos oscuros y de pavo cagón, más abiertos. You know, cuando los ojos cuentan historias. Y Elvis bailaba como un loco con su guayabera y pantalones apretados. Yo sabía que Fernando tenía un secreto atragantado en la boca. Nunca volví a verle el baby en los ojos.

Después, Hernán me contó que Elvis había peleado en la escuela, más de una vez, por estar con otro tiguerito. Por *estar* con otro muchacho. ¿Tú me entiendes?

Después de esa noche, no podía dejar de pensar que, si ese día no hubiera pasado, tal vez mi Fernando hubiera sido normal. Me preocupaba todo el tiempo que la gente se aprovecharan de él. Tenía miedo de que él fuera así, *soft*. Yo quería que él tuviera una vida fácil. Simple. Así que luché más para asegurarme de que fuera fuerte.

Una vez, cuando lo mandé a buscar un radio a la casa de Rafa, a una esquina de nosotros, unos delincuentes se lo robaron. Yo vi el lío por la ventana. Dos tigueritos, más altos que él, le quitaron el radio de la mano, ahí, en pleno día, ni siquiera de noche. Él prácticamente se lo dio.

Cuando llegó a casa, le pregunté: ¿Qué es lo que a ti te pasa? What's wrong with you?

Se alejó de mí, se fue a su habitación y trató de cerrar la puerta. Pero no lo dejé.

Mírame, te estoy hablando. ¿Por qué tú eres tan pendejo? Yo vi lo que pasó.

Hablé y hablé y él no dijo nada, no-thing. Se miró los pies. El piso, la ventana.

¿Yo no te enseñé a defenderte? ¿Eh?

Miró para todos lados menos a mí. La bemba de abajo como un mango bajito colgando de la mata.

¿Ah, pendejo? ¡Respóndeme!

¿Qué? No, ahí no fue cuando él me abandonó. Eso fue después, en 1998. Este fue un pleito distinto.

You know, yo nunca dejé de buscar a Fernando.

El resto de la gente dejaron de buscar, pero yo no. Ni Hernán. Él tiene un lugar en el corazón para mí. Eso vuelve loca a mi hermana Ángela.

You're my husband, ¡no el de ella! Ángela le tira mi nombre en la cara cuando pelean. *¡Pss!*

Cuando éramos chiquitas, si alguien nos traía un chocolatico o un cacaíto, Ángela lo escondía para comérselo enterito ella sola. Más de una vez, los ratones lo descubrieron primero. Y adivina qué, entonces nadie se comía el dulcito.

Por eso es que Hernán no le dice cuando me visita.

Ay, pero no me mires así. Él viene a mi apartamento pa tomarse un breiquecito de la vida, y de ella. Vemos las novelas turcas y hablamos de tonterías, nada más.

Pero espérate, antes de hablar de estas preguntas que tú quieres que te responda, ¡déjame contarte una cosita!

Entonces, como te decía, Hernán nunca dejó de buscar a Fernando. Y como él trabaja en el hospital conoce a everybody; un amigo de alguien que conoce a fulano que conoce a otro zutano le dio la dirección de Fernando en septiembre del 2001.

¿Tú te acuerdas de esa época? ¿Cuántos años tú tenías? Twenty? Pero claro que sí, ¿y quién se puede olvidar de eso? El mundo entero vio el fuego en el cielo. Yo no podía dormir pensando que estábamos en una guerra y que me iba a morir sin volver a ver a mi hijo en carne y hueso.

Hernán me dio la dirección pensando que iba a dormir mejor si sabía que él tenía un lugar a donde vivir. Pero fue todo lo contrario. Desde que me dio la dirección, no pude pensar en nada más.

¿Qué clase de madre se mantiene alejada de sus hijos?

Hernán me dijo: Escríbele. Dile que debería volver a su casa.

Incluso Lulú estaba en contra de que yo fuera a visitar a Fernando. Ella dijo que si le caía atrás, él saldría corriendo.

Lulú lee muchas revistas. Y, según las revistas, si yo me concentro en mi vida y dejo de pensar en cosas que no puedo controlar, maybe, quién sabe, como un buen final de novela, Fernando tocará a la puerta, con flores. Quizás hasta nietos. Tal vez un ticket de lotto lleno de dinero.

I don't know. ¿Quiénes son la gente que escriben en esas revistas? No son gente como nosotras.

Entre tú y yo, es un misterio que Fernando no haya vuelto en todos estos años. Yo no entiendo cómo sobrevivió sin mí. Cuando él se fue tenía un trabajo en un negocio de donas en Downtown, pero no le pagaba nada. La vida es cara.

Entonces, cuando la ciudad se calmó un chin, cogí un taxi hasta la dirección que me dio Hernán en el Bronx. La puerta del lobby, sin cerradura. Manchas marrones en las paredes. Los escalones, en total oscuridad. Un bajo rarísimo, que me mareó.

Toqué la puerta 4H, y revisé la dirección que Hernán había escrito en el papel.

Oí la televisión. Volví a tocar, con fuerza. Lo único que yo quería era llevarme a mi hijo para mi casa.

¡Fernando!, grité frente a la puerta. Era tarde. Yo sé que la gente tenían que trabajar al otro día. Pero esa era mi oportunidad. ¡Fernando!

Entonces, un flaco abrió la puerta. Tenía puesta una camiseta transparente, aretes de oro y maquillaje en los ojos. El corazón se me cayó al suelo. Quizás Hernán me dio la dirección equivocada, wrong, you know? Este flaco, ¿amigo de *mi hijo*?

Yo soy la mamá de Fernando, dije.

Umm . . . Él . . . ¿no está aquí?, respondió.

Él vive aquí, ¿verdad? Revisé la dirección en el papelito. ¿Dónde está mi hijo?

Mire doña, usted debería irse para su casa, dijo el flaco. Es tarde.

¡Fernando!, grité, incluso después de que me cerrara la puerta en la cara. Yo sabía que él estaba ahí, así que toqué y toqué el timbre hasta que un viejo salió de otro apartamento a gritarme por estar haciendo ruido.

¿Qué si regresé? Pero claro. Yo estaba muy dolida, pero una madre no se rinde.

El building se veía mejorcito de lo que recordaba. El piso estaba reluciente y olía a Fabuloso, no apestaba como la otra vez. No había envolturas de helado arrinconadas en las esquinas. ¿Maybe el súper había limpiado? Volví a tocar en el 4H. Nadie respondió.

Pero claro que esperé. Ese viaje no era barato. Al final, todo el mundo tiene que volver a su casa, ¿no? Esperé más de una hora. Esperé, aunque me dolieran todos los huesos del cuerpo de trabajar todo el día en la factoría con esas máquinas, pa'rriba y pa'bajo, pa'rriba y pa'bajo. *Cláquete. Cláquete. Cláquete.* Mírame las piernas. Este es el precio de todos esos años trabajando con esas máquinas. Mira. ¡Mira! ¿Tú no ves las venas? Como montañas. Debí ponerle una demanda a esa gente de la factoría por lo que me le hicieron a mis piernas. Tan lindas que eran, caray. Antes, mi amor, estas piernas paraban el tráfico. Cuando me ponía un vestido y unos tacos, ¡Ay, papá!

Ángela dice que es la inflamación. Que tengo que dejar la leche, la pasta, el pan y la azúcar para que se me vaya el dolor. Por eso Ángela parece un palo. Es que no come. Es un lío. El médico me dijo que, si pierdo diez libras, las rodillas se me van a sentir como si yo hubiera perdido cien. Me dijo que tenía que hacer ejercicio todos los días, everyday. Pero yo no tengo tiempo pa eso. ¿Qué es un chin de dolor?

Entonces sí, esperé muchísimo tiempo en los escalones del edificio de Fernando. Cada vez que oía el elevador subir al cuarto piso, el corazón se me paraba. Stop. Una vieja creía que yo le iba a robar cuando salté para ayudarla con la puerta. Pobre vieja, tenía el cabello como un nido en la nuca. ¿Para qué estar viva si no tienes a nadie que te peine? Hasta las viejas locas en Hato Mayor tienen su gente. Por ese lado, Nueva York es muy difícil. En Hato Mayor, Fernando nunca se hubiera ido, ¿porque y pa dónde? Cuando uno se necesita mutuamente para sobrevivir, se perdona. Así es la cosa.

Estaba a punto de rendirme, pero el flaco con la camiseta transparente salió del elevador. Ahora llevaba puesto un abrigo peludo y tenía el pelo azul. Como si viniera del futuro.

Soltó las fundas que cargaba. El pote de aceitunas se rompió e hizo un tollo en el piso.

¿Ah, pero es loca que usted está?, dijo.

Ay, sorry sorry, dije, y traté de ayudarlo.

Está bien. No se apure, dijo, y abrió la puerta del apartamento.

Entonces me reconoció.

Espérese, ¿pero usted no fue la señora que se apareció aquí last week?

Yo quiero ver a Fernando, dije.

El flaco trató de cerrar la puerta, pero yo soy fuerte. Pegué el cuerpo a la puerta para mantenerla abierta. Metí el pie entre medio.

Él no está aquí, dijo.

El muchacho empujaba para un lado y yo pa'l otro.

Mentira, dije.

Fernando no quiere verla, dijo.

¡Pero el mundo se va a acabar! Él tiene que ver a su madre, aunque sea una vez más antes de que todos nosotros nos muramos por los terroristas, dije. Pero luego pensé que tal vez el flaco estaba diciendo la verdad. Solté la puerta. La fuente de lágrimas otra vez. Crying y crying. Lloré tanto. Y me salió tanto moco de la nariz, que tuve que usar la manga de la camisa, como una baby chiquita.

Venga. Entre. Le voy a traer una servilleta, dijo el flaco. No se puede estar llorando aquí afuera. No quiero que entristezca el edificio.

Di pasitos chiquitos. Sabía que estaba dentro de la casa de Fernando, aunque no reconociera nada. No había muebles en la sala, solo unos cojines grandes en el suelo alrededor de una mesa que tenía la forma de un huevo. Unas lucecitas alrededor de las ventanas, y un radio en la esquina.

El flaco limpió el piso del pasillo y luego fue de un lado de la habitación para el otro como un pájaro atrapado dentro del apartamento. Me vio llorar hasta que pude respirar de nuevo.

Todo esto era de mi abuela, dijo. Se murió en esa silla y me dejó el apartamento y todo lo que había en él. Le voy a hacer un café. OK?

En el apartamento vi una foto grandota de Walter Mercado. La foto me recordó cómo, todas las noches, Ángela, Fernando, Lulú y yo esperábamos frente a la televisión para oír su horóscopo.

Ser diferente es un regalo, decía bajo la cara de Walter.

Y Walter siempre tiene la razón, pero ser raro como el flaco no es un regalo (es una vida de sufrimiento). ¿Tú entiendes lo que digo?

Por supuesto que no entiendes. Tú eres gringa. American. Anyways, le pregunté cómo se llamaba y, cuando dijo Alexis . . . Ay, Dios mío, de todos los nombres que pudo decir, you know que Alexis es el protector de toda la humanidad?

El cafecito llegó de una vez. Alexis se movía en la cocina como si no supiera dónde quedaba la nevera. Tres potes de adobo y cero azúcar en los gabinetes.

Le pregunté: ¿Tú sabe dónde está mi Fernando?

Sorry, mama, dijo, ojalá se pueda tomar el café así.

Señalé la foto de Walter Mercado. Yo soy capricornio, dije.

¡Mi abuela era capricornio!

Debió haber sido una gran mujer. Capricornio es el mejor signo. Somos leales y nunca nos rendimos, dije. Dile eso a Fernando.

Entonces le pregunté: ¿Cuál es tu signo?, y me dijo, Soy piscis, como Walter.

¿Tú puedes creerlo? Es piscis el muchacho. Y todo el mundo sabe que los piscis son puro corazón.

Cuando terminé de tomarme el café, le pregunté si Fernando hablaba de mí.

Extraña su comida, dijo Alexis.

Por su puesto que la extraña. Yo soy la mejor cocinera de Washington Heights.

Él se rio. Y luego me reí; yo te digo, sentí este alivio en el pecho.

Entonces Alexis me miró con la cara bien seria y me dijo, Escúcheme, si usted regresa aquí otra vez, Fernando se va a ir. Yo no quiero que él se vaya. ¿Usted me entiende?

Tomé otro sorbito porque no entendía, ¿yo soy tan terrible que tiene que huir de mí?

No sé por qué, tal vez fue Walter Mercado que me dio el mensaje, pero yo confiaba en lo que me decía el flaco piscis de Alexis. Así que le dije que mantendría la distancia, pero con una condición: si algo le pasaba a Fernando, él debía comunicarse conmigo inmediatamente. Le dejé mi dirección y mi número de teléfono.

Al otro día, puse mi bill de la luz a nombre de Fernando e hice el trámite para poner su nombre en el lease del apartamento. Si me pasa algo, Dios no lo quiera, él no se va a quedar en el aire, you know? También le pedí un delivery de su restaurante dominicano favorito: pernil con arroz blanco y tostone con ajo al lado. La nota decía, Fernando, te quiero. Tu mamá.

No me llamó para darme las gracias.

Pero por lo menos yo sabía que él tenía algo de comer, que no estaba homeless, y que estaba bajo la protección de un piscis.

Yo sé, I know. Hablé mucho hoy, y no de los trabajos, caramba. Más yuca que mango. Pero te prometo que voy a ir a la interview que me conseguiste y voy a hacer todo lo que pusiste en estos papeles.

EDIFICIO GENTRIFICADO CON CONTROL DE ALQUILER, INC.

Little Dominican Republic/Washington Heights

A una cuadra de la estación de tren

Código postal de escuelas de bajo rendimiento

Informe del explorador del barrio: El área más
peligrosa para vivir

Página web: www.rentinnyc.org

Correo electrónico: rentinfo@rentinnyc.org

Fecha: Octubre de 2007

DERECHOS Y OBLIGACIONES
DE LOS INQUILINOS Y PROPIETARIOS
BAJO LA LEY DE CONTROL DE ALQUILER

Renta regulada legal previa: Un tercio por debajo del mercado

Fecha de inicio del contrato: En algún momento en otoño de
1982

Fecha de caducidad del contrato: En algún momento en otoño
de 2010

Fecha de arrendamiento: Renovado cada dos años

Pautas

Aumentos por renovación

Al finalizar el contrato de arrendamiento, el propietario tiene derecho a aumentar el alquiler, pero solo dentro del porcentaje es-

tablecido por la ley. Ese es el beneficio de estar en un edificio con control de alquiler. No es que el propietario pueda subir la renta tres veces más. Si lo intenta, y es posible que lo haga, denúncielo.

Usted tiene derecho a elegir entre un contrato de arrendamiento de un año o de dos años. El porcentaje para un contrato de dos años es más alto que el de un año. La ventaja de un contrato de arrendamiento de dos años es que su alquiler no volverá a subir en un año. La desventaja es que, si llegara a mudarse antes de finalizado el contrato, perdería su depósito de seguridad.

Electrodomésticos
El inquilino se compromete a no instalar, operar ni colocar en la Unidad de Apartamento ningún congelador, estufa, aparato de cocina, unidad de aire acondicionado, secadora de ropa, lavadora, ni ningún otro electrodoméstico grande que no haya sido provisto o autorizado por escrito por el Propietario [es decir, el Landlord, es decir el Señor de la Tierra].

Derechos de sucesión
En caso de que su madre o padre muera o se vaya a la República Dominicana, porque es uno de los afortunados que pudo comprar una casa y regresar al terruño, el miembro de la familia que vivió con ella, él o ambos en el apartamento durante por lo menos dos años previo a su salida hacia la mediaisla tiene derecho a renovar el contrato de arrendamiento.

(Para los miembros de la familia que son personas mayores y personas discapacitadas, solo tienen que demostrar que han residido allí por un año para heredar el apartamento. En verdad no nos gusta darles publicidad a estas cosas).

Miembros de la familia
Fernando (hijo)
Ángela (hermana de Cara)
Rafa (hermano de Cara)
Otros familiares: Hija, hijastro, hijastra, padre, madre, padrastro, madrastra, abuelo, abuela, nieto, nieta, suegro, suegra, yerno y nuera.

¿Y qué sucede si no hay una relación sanguínea o política?
Si puede demostrar que tiene un compromiso e interdependencia emocional y financiera con la persona que falleció o que lo dejó por otra persona, país o vida, lo único que tiene que hacer es proporcionar evidencias.

Evidencias para probar una conexión financiera y legal
Muestre prueba de que compartieron una cuenta bancaria conjunta, gastos del hogar como renta o facturas de servicios públicos o que son o fueron dueños de una propiedad conjuntamente. Puede mostrar un vínculo legal incluyéndose mutuamente en un testamento o en una póliza de seguro de vida y enumerándose como Apoderado de atención médica o de Poder de representación notarial. También es útil añadirse como contacto de emergencia.

La prueba de una conexión emocional incluye fotos familiares en un cumpleaños, día festivo, celebración religiosa o eventos familiares y/o intercambio de regalos/tarjetas y responsabilidades compartidas, como recoger a los niños de la escuela.

Qué evitar si planea suceder a alguien en un apartamento

No firme un contrato de arrendamiento a nombre del antiguo inquilino. No mantenga vínculos con otras residencias ni permita que el antiguo inquilino lo visite con demasiada frecuencia ni permita que deje sus pertenencias en el apartamento. También es importante documentar que está pagando la renta. Lo más conveniente es pagar con cheque o giro postal.

EDIFICIO GENTRIFICADO CON CONTROL DE ALQUILER, INC.

FACTURA #452738
Little Dominican Republic
Nueva York, NY 10032

Para: Cara Romero

FACTURA

RENTA MENSUAL (FEB. 2009)	$888.00
BALANCE	$1,200.00
PAGO RECIBIDO (05/FEB/09)	-$450.00
CARGO POR PAGO TARDÍO	$40.00
Saldo restante	$1,678.00

El alquiler vence el día 1 de cada mes. Pague a tiempo para evitar cargos por pagos tardíos.

CUARTA SESIÓN

Ay, yo no me siento bien hoy, no. Yo sé que tenemos que trabajar, ay, pero tengo que contarte lo que pasó.

El mániyer nuevo del building vino esta mañana a inspeccionar el apartamento. Eso es lo que hacen, supuestamente para hacer una lista de las reparaciones que hay que hacer. Pero yo sé la verdad: es buscando motivos pa botarnos.

Sí, yes. Yo tengo todos mis papeles en orden. Debo un chin de renta, pero no mucho. Tuve que coger de ese dinero para el down payment de la cirugía.

El mániyer del building se parece a los religiosos que se paran en la entrada del tren, con la camisa blanca por dentro. Se rio con la boca así, con el bembe de arriba para un lado y el de abajo para el otro. Se hizo el inocente y me dieron ganas de darle una pela. Entró con sus formularios y fue directico a la cocina a ver las matas que yo tengo en el fire escape. Me dijo que, si no las quito de ahí, los bomberos me iban a dar un tique. ¿Es eso verdad? ¿Que tú no sabes? Pero tú trabajas pa la ciudad. Esto es algo que tú debes saber.

El mániyer buscó y miró por todos lados: el suelo, el ceiling, el sofá, las cortinas.

¿Dónde está el detector de humo?, preguntó.

Le dije, Cada vez que prendo la estufa, dice: Fire! Fire! ¡Fuego! Pita tan duro que me da migraña.

Yo sé, no me lo digas. Tengo que volver a ponerlo.

Anotó alguito en sus papeles. Así como lo que tú estás haciendo ahora.

¿Qué tú vas a hacer con todas estas notas y apuntes? ¿Un report? De mí. Tú me va a hacer quedar bien, ¿verdad?

Anyways. Cuando el hombre revisó la calefacción, you know, el jírer, cerré la cortina para que no pudiera ver el aire acondicionado en la ventana. No tiene los soportes. Pero dime tú, ¿cuándo se ha caído un aire acondicionado por la ventana y le ha partido la cabeza a nadie?

Oh, really? ¿Eso pasa? ¡Ay, qué feo que le pase eso a uno!

OK, OK, entonces abrió la puerta del baño. Vio los pantis que yo tenía colgados para que se me secaran y, ay, Dios mío, la cara se le puso como un tomate. Y, de la nada, apareció Lulú.

¡Sí, Lulú! Finalmente apareció, y tenía sirenas sonándole en todas direcciones.

Le dije, Mujer, ¡pero yo sí te he buscao a ti! ¡Estaba preocupada, Lulú!

¿Ella? El caso'el perro, ni caso me hizo.

Empezó a gritarle al mániyer del building: ¡Yo llevo semanas, meses, llamándolo por el liqueo en el baño!

El hombre dejó caer el lapicero y los papeles.

Es verdad, Lulú tenía una gotera por meses y meses, y yo lo

sé porque ella primero me acusó a *mí* de tirar agua en el suelo, y yo le dije, Yo no hago eso. Después, vino a flochar el toilet y abrió el agua del fregadero para ver si era mi culpa. Yo no puedo creer que no confiara en mí, pero OK, la gente son así.

Miss, el mániyer del building le preguntó a Lulú que en qué apartamento ella vivía.

Pero Lulú explotó; disparó palabras como una ametralladora: *¡pa pa pa pa pa pa!* Con cada palabra, el hombre daba un pasito pa'trá y luego otro, porque esa Lulú es leo con ascendente en aries: fuego-fuego, con esa greña naranja, asusta a cualquiera. El mániyer se hizo que teléfono dizque le había sonado, levantó el dedo y dijo: one mine, one mine. Luego desapareció. Bajó esas escaleras juyendo. Ah, pero Lulú le cayó atrás. Y yo le caí atrás a ella, y le agarré el brazo para que se parara.

¡Déjame ir, suéltame, Cara!, me gritó.

Pero no la solté. Esperé a que se calmara. Entonces le pregunté, ¿Adónde tú taba?

Tú no te imaginas lo que me está pasando, dijo.

Y entonces, le vi la cara. Ella no ha estado durmiendo. Bolsas debajo de los ojos, sin pintalabio; es más, ni siquiera aretes. Me dio la sensación, un feeling, you know?, de que eso tenía que ver con Adonis. ¿Qué más podría atormentar a una madre así para que deje de atenderse?

Su hijo Adonis está metido en problemas. Pero no un problemita. Un problemón. Big problem. Adonis perdió su apartamento. Su hijo, el gran profesional que ganaba cuatro, cinco veces lo que ganábamos nosotras en la factoría, perdió su apartamento en Brooklyn con vista a Manhattan.

Dime, tú, ¿él no vio en la noticia a esa gente que perdieron sus casas y están viviendo en la pista; ahí en la carretera? ¿En qué'taba él pensando? Compró su apartamento, enterito, con un préstamo. ¡Hasta el pago inicial fue con un préstamo! Los bancos le dicen a eso un globo, un balún, y *pop*, explotó. Se le acabó la fiesta a Adonis, mi amor.

Él le dio la mala noticia a Lulú el día que ella cobró el último de los cheques de unemployment. Ella siempre me hacía sentir como una vieja porque era más joven que yo, pero ahora quiere ser mayor como yo para poder hacer este programa y conseguir los cheques de benefits. Ahora, lo único que le entra es lo que gana trabajando en la bodega. Ella no puede ayudar a su hijo. Lulú se siente muy humillada por lo de Adonis. Por eso era que me estaba evitando. Tenía miedo de decírmelo. Pero yo no juzgo. No judging no. Ser madre es sufrir. Uno trata y trata con los muchachos y, al final, como quiera pisan la mierda. Y qué pena porque, la verdad, es que nuestros hijos la llevan mucho más fácil que nosotras.

Lulú nunca se puso del lado de Patricia, la esposa de su hijo. Trapeó el piso con el nombre de Patricia porque, según Lulú, Patricia nunca contribuye a la renta. Ella solo paga el teléfono y la luz, y hace que Adonis lave toda la ropa de la casa. Lulú odia a Patricia por eso.

Ella siempre dice, Look a mi pobre hijo, trabajando como un animal para que la mujer pueda pasarse los fines de semana arreglándose lo moño en el salón. Pero Patricia no es pendeja. Las mujeres sabemos que, si no hacemos todo ese esfuerzo en nosotras, los hombres como Adonis (que aman las cosas brillantes) pondrían los ojos en otra persona, y rápido. Pero Lulú no siente ni chipa de simpatía por Patricia, que trabaja en una oficina para un abogado. Y estoy segura de que también hace la mayor parte del trabajo con los babies.

Ángela y yo nunca nos ponemos de acuerdo, pero cuando hablamos de Patricia y Adonis, ahí sí, we agree: Patricia fue muy inteligente al poner la mitad de su cheque en una cuenta de banco separada. Y gracias a Dios Adonis se negó a casarse con ella con papeles. El alivio que esa mujer debe sentir ahora, legalmente libre de Adonis, de su deuda y su bad credit. Si ella no hubiera ahorrado su propio dinerito, Patricia y sus babies se hubieran quedao sin na. Ni una mota.

Las mujeres sabemos hasta lo que no vemos, mi amor. ¿Sí o no?

¡Ay! Pero lo que yo te estaba tratando de decir es que estoy preocupada por los cambios que quieren hacer en el building. Cada vez que de management hace algún arreglito, ponen más reglas. Mira lo que le pasó a mi vecina Tita que ha vivido en el building más tiempo que yo, pero more long time. Ella no sacó la lavadora del apartamento, y el nuevo lease dice No Lavadora. ¡De management le mandó una carta a Tita hace unos meses para decirle que, si no sacaba la máquina en diez días, ella y su hija Cecilia debían salirse del apartamento porque ella violated de lease! Váio-lei-re. Tita es cabeza dura así que no sacó la lavadora porque ella la usa casi everyday. Su hija Cecilia hace tremendo tollo, pero todo el tiempo, eh. Toditos en el building pensamos que de management, aunque sea esta solita vez, iba a romper las reglas por Tita, porque ella vivió en ese apartamento por años y años, décadas, y su hija tiene una disability. Pero no, ellos no tienen sentimientos, no, qué va. Yes, sí, of course que Tita fue a la corte. Lulú hizo que Patricia ayudara a Tita. Pero esta es otra oportunidad para que de management alquile un apartamento y cobre tres veces el precio que pagamos. Ella tenía un apartamento grande de dos habitaciones. Y como Tita no quería irse del edificio y estar lejos de nosotras, se mudó al apartamento de una habitación con las ventanas que dan a la pared de ladrillos. Y la renta ahora es $450 más de lo que pagaba en el otro. ¿Tú puedes creerlo?

¿Yo? Oh, don't worry. I'm OK. Yo'toy bien. Yo pago la renta to-dos-los-meses. A veces me quedo debiendo un chin, pero solo un chin, no demasiado. Si pagamos la renta y no rompemos las reglas del lease, Patricia me dijo que de management no puede botarnos. Tendrían que darnos mucho dinero para sacarnos. Yo voy a pagarlo todo cuando encuentre un trabajo. Tú me vas a ayudar a encontrar trabajo, yes, ¿verdad que sí?

Ay, a mí me da nervios porque es tan fácil, después de trabajar tanto, quedarte pelá, sin na, nothing. Pobrecita Tita. Un día está lista para retirarse para tener una vida fácil y al otro día su vida es un infierno. De management tiene muchas propiedades por todo Nueva York. Son tan ricos, ¿por qué hacerle eso a Tita? Nosotras todas tuvimos lavadoras durante muchísimo tiempo, pero eso no era ningún problema porque nadie quería vivir en Washington Heights, solo nosotros. Pero ahora todo el mundo quiere vivir en Washington Heights porque no es caro como Downtown. Y ahora está el bar de gente blanca en el área y la bodega gourmet pa'la gente blanca y la pizza personal que cuesta quince tururuses también para la gente blanca y que ni siquiera da para una familia. ¡Quince dólares, you know, dólares, para una sola persona!

Tita pensaba que podía vivir con el Social Security y de disability. Que con la renta bajita era suficiente. Pero listen to me, nunca hay descanso para la gente pobre. Ahora, la pobrecita Tita no puede pagar su apartamento nuevo y por eso no puede retirarse, en vez, tuvo que buscar un trabajo. Un trabajo terrible. Vio un papelito de esos que ponen en el tren que decía: *Ten dollars an hour! No experience necessary!* Sí, así mismito, de esos que escriben a mano en una fundita marrón. Dos días a la semana trabaja cuidando a una vieja. Le pagan en cash para que pueda recibir sus benefits. Pero la señora para la que trabaja hace que Tita duerma en el suelo al lado de su cama. Quiere ver a Tita all-de-time.

Sí, es verdad. Increíble.

¡En el suelo! ¡En un colchoncito de esos de yoga!

La doña le dijo que dizque era muy cómodo. Que en muchas partes del mundo la gente duermen en el suelo y que era bueno para la espalda de Tita. ¿Tú puedes creer esa vaina? Can you believe that? ¿Incluso teniendo la vieja otra habitación con una buena cama? A ella no le importa que Tita sea vieja como ella. Es cierto que se ve bien para su edad. ¿Pero hacer que un ser humano duerma en el piso? No. ¿Pero qué va a hacer Tita? Ella necesita el dinero.

But of course que si estuviera desesperada haría lo mismo

que Tita. Pero espero que, a estas alturas de mi vida, yo nunca llegue a estar tan desesperada.

Tita es una santa. Trabaja para esta señora por la noche y no se queja porque prefiere darle a su hija la medicina que la hace dormir diez horas y salir a trabajar. Así Cecilia no ve que Tita no está en la casa.

Así que esta semana, y hasta que Tita no tenga que hacer ese horrible trabajo, todas nosotras en el edificio nos turnamos con Cecilia. El apartamento de Tita está abajo y comparte una pared con Lulú. Eso es bueno porque usamos el walkie-talkie. Si Cecilia se despierta, podemos salir juyendo a ver si está bien. Cecilia no tiene el cerebro developed, así que es como una baby y no puede caminar, pero tiene cuarenta años. La mayoría de las noches Tita dice que está tranquila, pero a veces se despierta asustada, así que la escuchamos por si acaso. Ella no suele dar problema, pero hace un par de días cuando me tocó a mí, Cecilia amaneció gritando, aterrada. Y ay, Dios mío, cuando yo llegué, estaba gritando tan duro; ay, Jesú, con una mano tapándose la oreja, un brazo moviendo up and down, up and down, y dándole manotazos al colchón. Los vecinos salieron de los apartamentos. Las plumas de las almohadas volando por todas partes. La tierra de la matica regada por el suelo. Todo: roto.

Mi vecina Glendaliz dijo, I'm calling la ambulancia.

Llamemos de police, dijo un flaco alto. Porque tú sabes que eso es lo que hacen ahora nuestros nuevos vecinos. Cualquier ruidito y llaman a la policía.

No, wait, dije yo. Nada bueno sale de llamar a la policía. Pueden reportar a Tita y después viene social service y se llevan a Cecilia.

En este país, de authorities hacen muchas cosas que para mí de verdad que no tienen sentido.

Yo conozco a Cecilia por casi toda su vida, así que yo no le tenía miedo. Los demás tenían miedo porque Cecilia hace esta cosa con los ojos que mira pa arriba y alrededor, y su grito —no es un grito, es como ¡*Iiiiiiiiiiiiiiiiii!*— es como un picahielo apuñalando los oídos. Yo me le senté al lado y, de una vez, la agarré con todas las fuerzas de mi ser. Le atrapé los brazos dentro de los míos y la sostuve fuerte, fuerte, e hice un sonido así como *Juuuuuuuummmmmmm*. Ella podía sentir el zumbido de mi cuerpo contra el suyo. Tú sabes, como se siente el motor debajo de los pies cuando te sientas en la parte de atrás de la guagua, en la cocina. Ay, Dios, del bus, in de back del autobús. *Juuuuuuuummmmmmm*.

Y dejó de moverse de atrás pa'lante. Se calmó. Cuando tú tengas hijos (ah, verdad que tú no quieres tener hijos). Bueno, I knew, yo sabía qué hacer porque lo hice cuando Fernando era un baby. Funciona como magia. Cecilia se durmió.

Después le dije a to el mundazo que se fuera, porque algunas personas estaban viendo a Cecilia como si fuera un show. Yo estaba sola en el apartamento. Es tan chiquito. Dizque un one-bedroom, pero en verdad son dos cuartos. Tita cogió la habitación y tiene a Cecilia durmiendo en la sala. Es una de esas salas donde en una pared está la cocina y en la otra el sofá cama. Yo te digo a ti, very small. Tan pequeño que, si te sientas en el sofá cama, puedes tocar la estufa. Ahí es donde duerme Cecilia. ¿Por qué hacen apartamentos así? Yo no me imagino a nadie no queriendo una pared que separe la grasa de la cocina de los muebles. Obviamente es un apartamento para alguien que no cocina, que no prepara comida; juntan dos o tres mierditas y dicen: La cena is ready. Solo hierven agua pa'l té o un huevo.

La ventana da a una pared de ladrillos, así que me imagino que es muy oscuro durante el día. ¿Cómo puede la gente vivir sin luz? Qué tristeza.

Es como vivir en un closet. Pobrecita Tita, vive en un armario.

Yo pude haberme ido a mi apartamento a dormir, pero me quedé con Cecilia porque yo estaba despierta. Así que limpié. Nadie quiere volver a su casa y encontrar un reguero. No quería que Tita viera todos los vidrios rotos y las plumas. Traté de disipar el olor a curita y humedad porque eso me da náusea; tú sabes que yo tengo un olfato muy sensible. Pero Tita no puede evitarlo. Todos esos años trabajando en el hospital, todas las botellas de desinfectante y antiséptico que lleva a su casa.

Así que abrí las ventanas para airear la casa y vacié la nevera. Limpié la costra de las tapas de las botellas. Limpié todos los shelves, guayé la escarcha de las paredes del freezer. Ella solo había estado en el apartamento unas cuantas semanas, pero el congelador ya estaba lleno de escarcha. Restregué la oxidación del fregadero. Herví canela y cáscara de naranja para que el apartamento oliera a postre. Y, entre tú y yo, después de que terminé, era otro apartamento. Sin ofender a Tita, claro. Trapié el piso dos veces.

Yes, a mí no me molesta limpiar. Ahora bien, hacerlo todos los días por dinero, I don't know. Lo voy a pensar. Podemos hablar de las posibilidades.

Anyways, lo que estaba diciendo es que esperé a que Tita llegara sentada en una silla dura. Era tan incómodo, una tortura la verdad, mirar la pared de ladrillos afuera de la ventana. La única luz era un bombillo fluorescente horrible colgado del ceiling.

¿Qué clase de vida es esa? Vive en un closet y la renta es más de lo que pagaba antes. Trabaja every minute que no está cuidando a su hija.

Por lo menos en mi apartamento tengo una vista desde la ventana de la sala. En un día claro puedo ver el puente George Washington Bridge, I swear to you. Tener una vista en Manhattan no es poca cosa. Incluso cuando no puedo ir a ninguna parte, porque salir del apartamento es gastar dinero, veo las cosas grandes de Nueva York: es una preciosura, very beautiful yes. Todos esos buildings, árboles. La forma en que el cielo cambia de color. La manera en que las matas viven diferentes estaciones. No me puedo imaginar lo que es vivir adentro, encerrá, especialmente en winter, sin tener adonde ir, mirando una pared de ladrillos, sin espacio para moverse. Me duele. Me da pena por Tita, pero también por mí porque su historia me hace pensar que uno no puede predecir lo que va a pasar en la vida.

Déjame contarte, una vez, hace un montón de tiempo, cuando yo estaba todavía en Hato Mayor y pasó un huracán. Casi se lleva la casa de mamá. Yo todavía estaba casada con Ricardo, pero estaba de visita. Fernando tenía un añito. Solo un par de horas atrás era a beautiful day. Nadie sabía que se avecinaba la tormenta. El gobierno no nos dijo. El radio no nos avisó. Y,

¡pra! El agua convirtió todas las calles en un río. Dos de mis primos se ahogaron ese día. Ay, sí.

El gobierno sabía que la tormenta era fuerte, un ciclón, pero no querían pánico, así que no dieron la alarma de advertencia. El cielo se puso verde y luego negro in five minutes. Movimos los muebles a una habitación, cerramos las puertas. Clavamos tablones en las persianas. Oímos las matas chocando unas con otras, los gritos de los vecinos. Entonces el agua nos rodeó. Yo vi un carro volando. Is true. Ese huracán nos dio una pela.

Y luego paró. Pensé, *OK, OK, ahora podemos volver a la normalidad.*

¡Pss! ¿Cómo íbamos a volver a la normalidad?

No podíamos confiar en el hermoso cielo. No podíamos confiar en que el gobierno fuera honesto con nosotros. Perdimos mucha gente. Muchas propiedades destruidas. Ocho niños murieron dentro de una escuela. Se les derrumbó encima. ¿Tú puedes creerlo?

So, of course, que everybody estaba paranoico. Pensábamos que maybe el gobierno estaba tratando de matarnos. Every time, te lo juro, cada vez que veíamos una nube oscura, el cuerpo se nos tensaba. Todo el mundo sabe que los ciclones son como los dramas. Uno le sigue al otro.

Un día mi tío Rufino estaba pescando y vio que el agua del mar subía y subía. Fue a su casa y le contó a Clarissa, su esposa. Después, Clarissa dijo que se soñó que venía otro huracán (y todo el mundo sabe que los sueños de Clarissa se hacen realidad, como que después de la noche amanece). Y luego, cuando su vecina oyó del sueño de la tormenta, se lo contó a su prima en Nueva York. Y la prima en Nueva York entonces se lo dijo a su hermana, que llamó a su mamá en Santo Domingo. Los teléfonos sonaban desde Nueva York a Hato Mayor a Copellito y luego a la capital otra vez. Y nosotros nos convencimos de que este ciclón iba a ser más fuerte que el anterior. Porque no solo Clarissa tuvo ese sueño, sino que todos nos despertábamos con pensamientos de lluvia y matas que volaban.

Así que, aunque el sol brillara y en el radio sonara una bachata y el DJ hablara vaina, nosotros estábamos seguros de que se avecinaba otro huracán. So, empacamos las fotos y los papeles importantes en fundas plásticas. Preparamos las persianas. Cerramos todas las puertas. Condujimos hasta la loma más alta y lo esperamos.

Las santeras encendieron sus velas y sacrificaron algunos animales, y los demás le rezamos a la Virgen de la Altagracia, porque, aunque ella suele olvidarse de nosotros, es mejor tener fe en algo que en nada. Esperamos dentro de una casa grande hecha de cemento. Un palacio abandonado que era de un pelotero famoso que apostaba y perdió todo su dinero. Long time abandoned, sin electricidad ni agua, pero estaba en lo alto del cerro, y a salvo de inundaciones.

Yo estaba segura de que nos íbamos a morir.

¿Y sabes lo que pensé? *¿De verdad importa si yo me muero?*

Estaba casada.

Tenía un hijo.

Había vivido lo suficiente.

Y, you know what? ¡El ciclón nunca llegó! Entonces, you see, eso es lo que pasa cuando creces en un lugar como Hato Mayor: tú puedes planificar todo lo que tú quieras, pero la naturaleza siempre te mostrará quién es que manda.

Aprende esto de mí. Learn this. En la vida pueden pasar muchas cosas. Cosas que no te puedes imaginar. Cuando yo era chiquita, nunca imaginé que estaría sentada aquí contigo. In New York. Con un esposo que casi me mata y un hijo que no regresará a la casa.

So, como estaba diciendo, no siempre podemos planear lo que va a pasar. Pero quién sabe, maybe el que le hayamos rezado a la Virgen hizo desaparecer el huracán. Quizá, si trabajamos juntas, le podamos encontrar una solución a mi problema.

Sí, of course. I promise, la próxima semana cogeré ese examen. Si no nos subimos a la bicicleta y pedaleamos, seguro que no llegamos a ninguna parte.

APAREJADOR DE HABILIDADES PROFESIONALES

Su fuente de exploración de carreras, capacitación y trabajos

Encuentre el mejor trabajo para su personalidad e intereses Patrocinado por el Programa de Fuerza Laboral para Envejecientes

Los empleos en este informe pueden ser buenas opciones para su estilo de trabajo, basado en sus respuestas al calificar sus habilidades, intereses y personalidad.

Habilidades con mayor puntaje:

- trabajar con personas con discapacidades
- enseñar destrezas sociales a los niños
- investigar nuevos medicamentos
- instalar un piso de madera
- persuadir a otros a cambiar su punto de vista
- escribir un guion para un programa de televisión
- asesorar a una persona con depresión
- planificar juegos educativos para niños en edad preescolar
- planificar actividades para personas mayores
- dar un discurso frente a muchas personas

Rasgos de personalidad con mayor puntaje:

- tímida
- inquisitiva
- reservada
- agradable

- creativa
- auto-disciplinada
- extrovertida
- caritativa
- organizada
- humilde

Sus resultados de ESTILO DE TRABAJO

Cara Romero, ¡eres una persona **HUMANITARIA!** Tú quieres hacer del mundo un lugar mejor.

Cara Romero, ¡eres una persona **CUIDADORA!** Siempre al servicio de otros.

Cara Romero, ¡eres una persona **INNOVADORA!** Puedes resolver problemas complejos y racionales.

Cara Romero, ¡eres una persona **PRAGMÁTICA!** Eres precisa y eficiente.

Cara Romero, ¡eres una persona **OBSERVADORA!** Te das cuenta de los detalles y haces conexiones.

La mejor opción de carrera para Cara Romero es **AYUDANTE.** Cara Romero quiere dedicar su vida laboral a servir, atender e inspirar a los demás, motivada por la aspiración de hacer del mundo un lugar mejor. Está muy en sintonía con las necesidades de las personas que la rodean y obtiene satisfacción al atender esas necesidades. Otras fortalezas incluyen: **CONSTRUIR, PENSAR, CREAR, PERSUADIR, ORGANIZAR.**

Nuestras mejores carreras para Cara Romero:
(Debe cumplir con los requisitos de educación y contar con la experiencia antes de presentar la solicitud).

- Asistente certificada de terapia ocupacional para ayudar a los pacientes a desarrollar, recuperar, mejorar y mantener las habilidades necesarias para la vida y el trabajo diario.
- Profesora o instructora en reparación de automóviles, cosmetología y artes culinarias.
- Directora de emergencias para desastres nacionales y otras emergencias.

Cara Romero, explore su próxima carrera llamándonos a El Trabajo Que Quieres & Co.

EL TRABAJO QUE QUIERES & CO.

Compañía: Aproveche la Vida Asistida

Descripción del puesto

Buscamos amas de casa experimentadas y enérgicas para ayudar a crear un ambiente limpio, cálido y cómodo para nuestros residentes. La doméstica limpiará los apartamentos, los baños, las áreas comunes de los residentes, así como la oficina y las áreas circundantes de acuerdo con los estándares y procedimientos de limpieza.

Calificaciones

Una conducta agradable y cortés al tratar con compañeras, supervisores, invitados, residentes y gerencia. Debe ser muy cuidadosa con las prácticas de limpieza. Se requiere experiencia brindando servicios de limpieza en la industria de restaurantes, salud, hotelería, hospitalidad u otras empresas similares. Se prefiere que tenga experiencia trabajando con personas mayores. Capacidad para trabajar en un entorno acelerado mientras se trata con un cliente exigente. Debe poder comunicarse en inglés, incluido el mantenimiento de inventario y el llenado de formularios de pedido de suministros.

Ubicación: El Barrio, Nueva York

Departamento: Limpieza

Salario inicial: $10.00 p/h

Tipo de puesto: Tiempo completo en turno de 8:00 a.m. a 4:00 p.m. (de lunes a viernes)

PREPARACIÓN PARA LA ENTREVISTA:
LIMPIEZA

Su futuro empleador estará interesado en conocer su experiencia laboral. Lo mejor es ser específica y dar ejemplos concretos sobre por qué le gusta trabajar como ama de casa. Recuerde sonreír y mostrar su entusiasmo por la limpieza. Cuando responda las preguntas de la entrevista, piense en qué tareas le gustaría hacer más. Llegue a la entrevista preparada y con las respuestas listas.

Ejemplos de preguntas y respuestas de una entrevista

Las entrevistas requieren práctica. Busque un voluntario que le haga las preguntas de la entrevista de práctica para que esté preparada para responderlas. A continuación, se muestra un ejemplo de cómo responder. Úselo como inspiración.

Preguntas comunes de la entrevista

¿Qué tareas del hogar disfruta más?

¿Qué tareas del hogar disfruta menos?

¿Cuál es la parte más gratificante de ser una sirvienta?

¿Qué habilidades tiene que la hacen adecuada para este trabajo?

¿Qué habilidades podría mejorar?

¿Qué es lo que más disfruta de la limpieza?

Ejemplo de respuesta: Disfruto de muchos aspectos de la limpieza. Siento una inmensa satisfacción cuando tengo la oportunidad de organizar una habitación desordenada. Esto incluye hacer la cama y doblar las sábanas. Es muy relajante doblar sábanas. Me parece terapéutico. ¡Quiero que la gente regrese a sus habitaciones y vea la diferencia que he hecho en sus vidas!

QUINTA SESIÓN

Antes de que digas nada, tienes que probar mis arepitas de yuca.
Las freí esta mañana para ti. Guayé la yuca y luego la mezclé
con un huevo y un chin de anís y sal. So simple. Pero no mucha
gente las hacen como yo. ¿Tú ves lo crujiente que está por fuera
y lo jugosita que está por dentro? You like them, right?

No, sorry, no fui a la entrevista la semana pasada. ¿Te llama-
ron para decírtelo? Interesting . . . ¡Era en el Barrio! Primero, el
Barrio está demasiado lejos. Yo vi el mapa. Para llegar a la calle
100 y la Primera avenida, son dos trenes, una guagua y muchas,
muchas esquinas para caminar. Yo sé que acordamos que yo iba
a ir a las entrevistas de trabajos que quedaran a menos de cinco
millas de mi casa. Pero no es la distancia, es el tiempo. ¡De aquí
para allá es más de una hora! Is no good for me. Demasiada
gente dependen de mí.

¿Cómo que quién? Los hijos de Ángela y Hernán. Yo soy la
que los lleva a sus actividades después de que salen de la escuela.

Sí, yo sé que esto es solo temporario hasta que se vayan. Pero
ahora ellos dependen de mí. Y ahora es ahora.

Y está la Vieja Caridad, que me deja mensajes en la máquina, exactamente a las 4:45 p.m. everyday.

Cara, ¿tú estás ahí?

Cara, ¿me cocinaste algo hoy?

¡Nadie come a las cinco! Pero a mí no me pesa cocinarle algo para que ella cene.

Sí, sí, baje, le digo. Yo nunca le digo que no a la Vieja Caridad. Si llego a los noventa años, tal vez una vecina haga lo mismo por mí.

Anyways, de todos modos ella come como una pajarita. Yo le preparo pescado a la parrilla, muy simple, solo un chin-chin de sal y limón, el arroz jazmín solamente, porque si no el arroz barato hace que uno se infle como una ballena. Cocino las verduras para que se le desbaraten en la boca. Ella no puede masticar. Y todas las noches, tiene que beberse una cerveza fría. Una botella entera. Ella dice que ese es su secreto para una larga vida. ¡Ay, sí!

Cuando la Vieja Caridad está comiendo, le gusta hablar, así que hablamos. Ayer fue el aniversario de la muerte de su amiga, la que vivió con ella por muchos, muchísimos años; qué años, décadas. Me dijo, Yo no debí haber perdido tanto tiempo temiendo que se muriera.

Pero eso es normal, le digo yo. Es difícil perder a una amiga. A todo el mundo le da miedo.

Deberíamos ser más como los animales, dijo. Los animales no piensan en el futuro ni en el pasado; le prestan atención a lo que está sucediendo en el presente. Es suficiente sentarse con una persona. Peinarla. Masajearle los pies. Llevarle lo que necesita. No podemos luchar contra lo que no podemos controlar. Dijo que se perdió el último aliento de su amiga porque estaba ocupada con la esperanza. Debió haber estado respirando con ella.

Me preocupa la Vieja Caridad porque puedo oler el cáncer en ella, como me pasó con Glendaliz, pero ella no se va a chequear la sangre. Aunque ella tiene razón; yo no la puedo forzar a que se haga un examen. Aprende esto de mí, learn this: si tú intentas arreglar algo que alguien no quiere arreglar, te odiarán por ello. Ofrecer ayuda is OK. Push y push, no OK.

Entonces, ¿me entiendes? Si voy a trabajar al Barrio, no puedo hacerle cena. Y eso no es bueno para el presente. ¡*Ja!*

¿Por qué tú no puedes ayudarme a encontrar un trabajito cerca de mi apartamento, como en el hospital? Así yo puedo caminar y llegar de una vez. Hernán me dijo que había un opening. No en su cocina; en otra cocina en otro building. ¿Tú sabes algo de eso? ¿No? Él ni siquiera sabe si lo anuncian porque, like I tell you, para todo por aquí se necesita un enllave. ¿Tú podrías averiguarme eso? Porque I need your help for this. Qué si qué.

Maybe tú conoces a Hernán. ¿No? Todo el mundo conoce a Hernán. Él es calvo como un huevo, con las orejas llenas de pelos. No es feo. Simplemente no es el tipo de hombre que tú dirías *wao*, de una vez.

La gente aman a Hernán en el hospital. Yo no le recomiendo la comida de hospital a nadie. Yo no sé cómo la gente se sienten dizque mejor bebiendo esa agua caliente y sucia que ellos dicen que es sopa. Todo el mundo sabe que para que una sopa quede buena hay que hervir los huesos. Los nutrientes están ahí, en los huesos. Necesitas sal para activarlo. Mucho ajo y cebolla. Unas cuantas zanahorias o auyama y apio for sure. Y cuando está very very hot y lleva una hora hirviendo, lo cuelas. Y si quieres volverte loca, ponle un chin de vinagre para que reviva, pero también el vinagre lo cura todo, everything. Es distinto cuando cortas las verduras y piensas, *Esta sopa te va a hacer sentir mejor.* A veces me pregunto, con todas esas escuelas a las que van la gente, todo el dinero que hay en este país, cómo es que no saben hacer una buena sopa. Es triste calentar una sopa de lata o revolver polvo en agua caliente. ¡Jesú!

Aprende esto de mí, learn this: Comer comida de la calle te va a matar. It will kill you. Esa comida mata.

Y por eso es que Hernán es especial, en el buen sentido de la palabra. La comida de Hernán es mejor que la de cualquier restaurante. Incluso cuando el hospital le dice que no a todas las ideas que se le ocurren, porque dizque el budget, él sabe cómo resolver. Guarda las sobras de los víveres y las verduras y se las echa al caldo. No se desperdicia nada en su cocina. Hace que la comida del hospital sepa buena porque él se preocupa.

¿Y tú sabes por qué Hernán es tan buen cocinero? Porque yo invento en la cocina y le enseño todo lo que sé. ¡Así mismito, mi amor!

Anótalo, anótalo ahí: a Cara Romero le gusta inventar.

No me sorprende que esa prueba dijera que soy una persona INNOVADORA. ¡Ay, chucha, y es fácil! No es menta lo que chupa la burra, no.

Ay, don't worry. No me hagas caso, cosas de la gente de allá.

Look, yo he estado pensando en ese examen, que dice que soy buena para ayudar y que soy buena organizando. Y creo que eso es verdad de mí, sí.

¿Un ejemplo? *Jum.* Yo tengo muchos ejemplos de cuando yo organizaba en la fábrica. Te voy a contar este: Todos los días teníamos que hacer cierta cantidad de piezas de lamparitas. Entonces, un día, nos aumentaron el número. Al jefe le ponían presión para que cumpliera con las órdenes. No quería que habláramos, porque si hablábamos, o escuchábamos el radio, nos poníamos lentas. Yo siempre fui buena con mis números, pero Lulú, no. Lulú no.

Esta es la cosa, cuando Lulú trabajaba en la factoría de costura en Downtown, el *télele-télele* de las máquinas de coser le arruinaron las muñecas a la pobre mujer; esa vibración es como la comida de la calle. Por eso le conseguí un trabajo en mi factoría. Y por un tiempito ella se sentía mejor, pero le volvió el dolor. En los brazos, el cuello, la espalda, de estar sentada tantas horas. A mí también me dolía, pero yo estaba acostumbrada. A Lulú le gusta quejarse. Mucho complain.

Yo, yo trabajo rápido. El jefe decía, Cara, dame tres mil piezas, yo hacía cinco mil. Por eso me decían la Maquinita. Yo también estaba orgullosa de mis números. Pero si yo iba demasiado rápido, Lulú, doña Lilina y doña Altagracia parecían demasiado lentas.

Hurry up! Dense prisa, le decía el jefe a las doñas, que tenían casi setenta años y padecían de artritis en las rodillas y las caderas. También se lo dijo a Lulú, cuando dejó caer la mercancía al suelo porque no podía sentir los dedos.

Ve al médico, siempre le decía a Lulú. Y una vez, only one time, me hizo caso. Pero el médico le dijo que debía tomarse unas vacaciones para descansar las manos y los brazos. Le dijo que aplicara para desempleo, tú sabes, compensación. *¡Ja!* La factoría lo que quería era despedir gente. La mayoría de los trabajadores en período de prueba nunca se convertían en permanentes. Incluso antes de la crisis, oímos de factorías que se iban pa otros países. Y a nosotras nos gustaba nuestro trabajo. Algunos de los jefes eran buenos. Bueno, nos pagaban puntualmente todas las semanas. Y overtime.

El médico dijo que, si Lulú no podía tomarse unas vacaciones, debía tomarse unos descansitos durante el día. Dijo que todas debíamos tomar descansos, aunque fuera de un minuto: un breakesito cada treinta minutos, para estirar las piernas y las manos. Very important. Si no, nos iba a dar dolor. Estar sentada todo el día es peor para la salud que fumarse un cigarrillo. Pero no se nos permitía dejar de trabajar para poder estirar las piernas. Y ninguna nota del médico iba a convencer al jefe. Look, cuando empezaron a despedir gente, nunca parábamos, ni para ir al baño siquiera.

Ahora tú verás por qué yo soy una buena organizadora. Hice una reunión secreta durante el lonche. Le dije a las empleadas jóvenes lo que el doctor había dicho. Y, que si los jefes no nos daban los descansos, tendríamos que robárnoslos. Si trabajamos juntas, podemos hacer el trabajo y no destruirnos. Además, como algunas personas son más lentas, cuando terminemos nuestras cuotas, debemos ayudar a las demás. Y funcionó. Nos turnábamos para tomar breakesitos de un minuto y aun así hacer los números sin que el jefe se diera cuenta. Éramos como una familia y nos cuidábamos unas a otras. Las muchachas nuevas no lo entendían al principio, pero cuando they paid attention to me, se convirtieron en una de nosotras.

Tu examencito está en lo cierto. Yo soy ORGANIZADA Y ORGANIZADORA.

Pero también soy pragmática y entiendo que, incluso en un grupo organizado, no todos cooperan y cada plan secreto tiene que mantenerse en secreto hasta que la gente puedan demostrar que puedes confiar en ellos. Yo soy como los patos que duermen con un ojo abierto. ¡Ay, sí!

Por ejemplo, en María, yo no confiaba. A ella no la invitamos a las reuniones. Tenía la boca como un suape, you know, a mapo: recogía la suciedad de todos los rincones. Cuando el jefe David la invitó a su oficina para *hablar* de su *horario*, la exprimió.

María era una flaca con manitas de baby y con el pelo que le bajaba de las nalgas, tan pesado, que la cabeza se le inclinaba hacia atrás por el peso. True, very true. Nosotras sabíamos que ella le chupaba el bolón al jefe por horas de overtime. Pero yo no juzgo. Las mujeres tienen que hacer lo que haya que hacer pa sobrevivir. Así que, fuimos buenas con María, y nos reímos con ella en el lonche, hasta que ella le dijo al jefe que yo me llevaba los papeles de baño para mi casa.

OK, no me mires así. Yo solo los cogía porque dar patas para ir a la bodega después de un día entero de trabajo, especialmente cuando estaba nevando, era demasiado para mí. María, verde como un guineo verde, no sabe nada de la vida.

Un día, cuando le ofrecí un pastelito a María y ella me dijo, No, thank you, supe que tenía que cuidarme. Nadie le dice que no a mis pastelitos. Mi vecina Ana me contó todos sus secretos antes de mudarse pa Boston. Cuando te digo que son buenos, I mean very good. Hasta si tú no tienes hambre, you take it y lo guardas para más tarde. Un día de estos te voy a traer uno, para que entiendas. So, ese día no cogí papel de baño para llevarme, por si acaso. Cuando el jefe me revisó la cartera, no encontró nada, nananina. I knew it!

Anyways, ¿por qué le importa tanto? ¡Es papel higiénico!

Pero ese no es el punto. El punto es que yo tengo muchos talentos. Más de los que aparecen en tu prueba, if you can believe it. Como mi nariz, por ejemplo. Yes, my nose, mi niña. ¿No te acuerdas que te dije que yo puedo oler el cáncer?

Anótalo, apúntalo ahí: Cara Romero puede oler las enfermedades.

Y la razón por la que lo sé es porque, una vez, mi hermano Rafa vino a quedarse conmigo después de que su esposa, Miguelina, lo botó de la casa. Cuando Rafa bebe, le gusta dar golpes, como a Ricardo, mi exmarido. Pero Miguelina es lenta pa aprender. La primera vez que le dio, ella se cayó y se rompió la frente con la mesa y casi pierde un ojo. ¿Pero ella lo dejó? No. Ella siguió planchándole las camisas y haciéndole cena, incluso cuando él se quedaba con una fulana que vendía números. You know, the Dominican black-market lotto, o algo sí. Bueno, que a él le gustaba apostar, jugar números, así que tenía una buena excusa para visitarla.

Pero toda mujer tiene un límite, y Rafa le hizo algo a Miguelina que ella no pudo perdonar. ¿Que qué tiene eso que ver con mi nariz? Wait que ya estoy llegando. Tú eres muy impaciente. Espérate.

Un día, Miguelina salió tarde del Bronx Community College. Lleva una vida tratando de conseguir un título de enfermera. La idea de ir a la escuela le llegó por Ángela. Es como ahorrar dinero. Un poquito de paciencia. You know? Un chin de sacrificio. Cada semestre, ella comenzaba esas clases nocturnas, yendo muy, muy lejos hasta el Bronx para estudiar después de trabajar como recepcionista en la clínica. Y algunos semestres sacaba esos créditos porque, como Ángela, estaba decidida a terminar. Pero le dije que para cuando terminara, estaría lista para retirarse.

Tú ves, Ángela terminó la carrera de contadora porque está casada con Hernán. Si tú tienes suerte, encuentras un hombre que no te meta con él en el hoyo. Miguelina estaba casada con mi hermano, un barco con muchos boquetes.

Pero anyways, esa noche la guagua estaba out of service. Era un jueves. Ya para el jueves, hasta yo estoy agotada. Incluso sin la escuela nocturna, siento que cualquier cosa puede romperme. Entonces, por una buena razón, Miguelina tomó un taxi para su casa. Pero Rafa es un ignorante. Es mi hermano, pero estoy segura de que mi mamá lo dejó caer más de una vez cuando era un baby. Jesú. Esa noche Miguelina tomó el taxi y se dio cuenta de que no tenía dinero. She was sure que lo había puesto dentro del bolsillito de la cartera, pero ahí no estaba. Cuando llegó al apartamento, le dijo a Rafa por el intercom que bajara a pagarle al taxista.

¿Y tú sabes lo que hizo? Le gritó, No me jodas, mujer del diablo. ¡Estoy durmiendo! ¡Tú no sabes que yo tengo que trabajar mañana! Había bebido tanto que no podía ni pensar con juicio. Uno o dos tragos, fine. Pero cuando una persona toma demasiado, solo piensa en sí misma, ¡tan egoísta!

Pobre Miguelina. Gracias a Dios que viven una calle después de la mía. Me llamó y me sentí muy mal por ella. ¡Qué humillación! Of course que bajé y pagué el taxi, y nunca más volvimos a hablar de eso.

Cuando Miguelina se enteró de que esa fulana andaba por ahí en un carro nuevo que Rafa pagaba todos los meses, algo se le rompió adentro; you know? Inside. Por más de un año, Rafa había pagado $229 al mes por el carro de esa tipa. Y luego, con otra cara, le dijo a Miguelina que ella privaba en princesa por tomar un taxi después de trabajar todo el día e ir a la escuela por la noche. ¡*Pss!* Pero e verdá.

Yo sabía que iba a llegar el día en que ella cambiaría las cerraduras. Le dejó la ropa en una funda negra afuera de la puerta. Así es como pasa. Sobre todo con mujeres tranquilas como Miguelina.

Entonces, ¿qué se suponía que yo hiciera? Rafa es mi hermano. No podía dejarlo dormir en la calle. Ángela, que se pone un T-shirt que dice YO SOY FEMINISTA, estaba del lado de Miguelina. Lulú me dijo que fue un gran error aceptar a Rafa en mi apartamento. Dijo: Por eso es que los hombres no cambian. Cuando las mujeres tratan de darle una lección a un hombre, aparecen las madres y las hermanas a salvarlos.

Pero Lulú, ¿y si fuera tu hijo, Adonis?

Unos cuantos días durmiendo en la calle no lo van a matar, dijo. *¡Ja!* Eso lo dijo en ese entonces porque no podía ni imaginarse el problema en el que Adonis se encuentra ahora.

Listen to me, yo sé que Rafa no es bueno. Y que Lulú tiene razón. La única manera en la que va a aprender y quizás a cambiar un chin es si duerme en la calle. Pero, I'm sorry, no soy tan fuerte para verlo vivir como si no tuviera familia. I can't.

Te puedes quedar dos semanas, le dije. Ni un día más.

Se quedó tres meses.

La razón por la que te cuento esta historia es porque desde el primer día que se quedó conmigo pude oler el olor dulce a cuté, ay, Dio, a nail polish de uñas in de salón. Yes. Yo trapeaba el piso con Pine Sol, pero el olor se ubicó en mi sala.

Le pedí a Lulú, a Ángela y a Tita que vinieran, a ver si lo olían.

Rafa estaba durmiendo en el sofá, todavía con el uniforme de mecánico puesto. Y no, no olieron nada. Ángela pensó que era mi menopausa.

Dijo: Algunas mujeres pierden el sentido del olfato, pero a ti te pasa todo lo contrario.

Tal vez es Rafa. ¿Él no te huele raro?, dije yo.

Dile que se bañe, se rieron. Insistían en que todo eso estaba en mi cabeza, loquera mía. Pero el día que Rafa se mudó de mi apartamento, el olor desapareció. Cuando iba a beberse un cafecito conmigo, el olor volvía.

Le dije que fuera al médico a que le hicieran un chequeo. Yo sabía que él estaba enfermo antes de que empezara a quejarse de que los ojos no le estaban funcionando bien. No always, solo a veces. Incluso comiendo como un puerco como comía se puso flaco como un espagueti. Siempre estaba cansado, sudando cuando hacía frío. Entonces el doctor le dijo que tenía diabetis. El olor a cuté era la diabetis. No hice la conexión inmediatamente. Tuve que oler a algunas personas. A veces el olor era bien específico. Mi nariz es mejor que esas tiritas de los médicos. Mientras más azúcar en la sangre, más fuerte es el olor. Dile a alguien que la bebida lo va a matar, y se va a ir a beber anyways. A veces los ojos de Rafa estaban tan jodidos que, cuando manejaba, nada más sabía que tenía que parar después que chocaba con algo. Y el pie se le ponía de diferentes colores y el médico le dijo que, si seguía así, iba a tener que cortarle los dedos. ¿Y tú crees que le importó? ¡Ay, mi amor!

Que me los corten. Prefiero no tener piernas que dejar de vivir mi vida, dijo.

Y cuando Miguelina se negó a aceptarlo de nuevo, la fulana, que seguía manejando su carro de $229 al mes, le *rentó* una habitación en su apartamento. ¡Muérete!

¡Las mujeres están tan desesperadas! ¿Y qué compañía puede ser Rafa? Un hombre que no dice nada, y con toda esa azúcar en la sangre, no se le para ni el bolón. Ah, pero e verdá, ¡es en serio! Miguelina fue quien lo dijo.

OK, OK, sí, de vuelta al examen. Yes, is very good! Me ayudó mucho. Esa prueba me hace pensar que es verdad: Yo soy una buena cuidadora, yo atiendo y cuido a la gente; soy una buena organizadora, soy pragmática, soy observadora y soy buena para ayudar a las personas mayores. Nunca pensé que era buena para lidiar con desastres de emergencia. ¡Pero maybe yes!

¿Tú te acuerdas del mániyer del building que vino a inspeccionar los apartamentos? Bueno, eso ayudó a Lulú. La mayoría de las veces le pagamos a algún conocido para que arregle las cosas. Pero ahora no tenemos el dinero. You know. La gente del building solo vienen a chequear lo que hacemos mal, no a arreglar las cosas que están jodidas. Pero nosotras sabemos que tenemos rights, sí, derechos; y eso lo aprendimos cuando fuimos a la Escuelita. La profesora dijo que ni siquiera de police puede hacer lo que le dé la gana. Si nos detienen, tenemos derecho a no hablar. Si vienen al apartamento, tenemos derecho a no abrir la puerta.

De point is, que como te dije antes, Lulú se había quejado al management más de una vez y nunca le respondieron la llamada. So imagínate el drip y drip y drip. Una sola gotera. Una olla llena de agua al día. Y la ampolla de agua en el ceiling de su casa pasó a ser del tamaño de un limoncillo, a una naranja, a una lechosa.

Cuando esa otra gente que pagan el triple de lo que nosotras pagamos de renta llaman al súper, inmediatamente el súper lo arregla. Ven un ratoncito, el súper tapa los boquetes. Tienen una fuga en su fregadero, el súper corre a detener el chorrito. Antes de que esas otras personas se mudaran, el súper siempre tenía tiempo para nosotras. Bueno, el old súper tenía tiempo pa nosotras. Este súper nuevo no es amigo de nadie.

Yo creo que de management le paga un bono cada vez que uno de nosotros se muda.

Yo te digo a ti, tratamos de tener paciencia, yo más que Lulú. Pero tenemos only a little paciencia limitada. Imagínate el susto que se pegó Lulú cuando le cayó un pedazo de ceiling en la cabeza. Lanzó un grito tan duro que lo oí en mi apartamento. La llamé para asegurarme de que estuviera bien, entonces bajé con la cámara. Ahí estaba ella, bajo un chorro de agua porque el ampollón del techo que parecía una vejiga se le eplotó encima. *¡Pra!* What a mess. Agua por todas partes. Agua sucia. Y con ella se vino abajo un pedazo del ceiling. Toda la madera estaba podrida. Era una emergency. Gracias a Dios que yo estaba ahí. Le dije que se acostara en el suelo para poder tomar una buena foto que enseñara que el techo pudo haberla asesinado.

Tomé un montón de fotos. Le dije a Lulú, Quédate en el suelo y espera a que yo vuelva con el súper, para que él vea con sus propios ojos. Y funcionó. El súper arregló el problema el mismito día.

Después, el mániyer del building vino a chequear el trabajo. Y le pidió a Lulú que firmara unos papeles, but I said, No. No señor. No firmes papeles sin un abogado. Lulú hizo una mueca rara, pero sé que cuando tú dices abogado, la gente son más cuidadosa.

So, tú ves, como dice este papel del examen, yo también podría ser una buena directora de Emergencias para Desastres Nacionales y Otras Emergencias. *¡Ja!* ¡Wepa!

¿Ese es un trabajo que yo puedo hacer desde mi apartamento?

PREPARACIÓN PARA LA ENTREVISTA

Cuando llegue, haga contacto visual.

Si le extienden la mano, extienda la suya y salude.

Ellos le dirán cuándo y dónde sentarse.

Recuerde, ellos entrevistan a muchas personas en un día.

Estarán tomando notas que pueden ayudarlos a apreciar por qué usted es la persona adecuada para el trabajo.

Haga que el tiempo que pase en dicha oficina cuente.

Responda a las preguntas.

No se vaya por la tangente.

Los entrevistadores valorarán su disposición de mirarlos a los ojos. Si tiene dificultad para mirarlos a los ojos, mírele la frente.

Los buenos entrevistadores no le darán estrés. Quieren encontrar a la persona indicada para el trabajo. Se centrarán en por qué usted es la persona adecuada para el trabajo, no en por qué es la incorrecta.

Asegúrese de asentir con la cabeza y sonreír de vez en cuando para indicar que está escuchando.

Recuerde, usted está protegida de que la discriminen por su raza, color, religión, sexo (incluyendo embarazo, orientación sexual e identidad de género), origen, nacional, edad (cuarenta años o más), discapacidad e información genética (incluidos los antecedentes médicos familiares).

Los entrevistadores no deben hacerle preguntas como: ¿Va a la iglesia? ¿Cuántos años tiene? ¿Está casada? ¿Tiene hijos? ¿De dónde es?

Si lo hacen, no dude en informarlo a su asistente social.

Posición: Niñera
Nombre de la candidata: Cara Romero
Descripción del puesto: Encantadora familia en Brooklyn busca una niñera enérgica, cariñosa y proactiva para cuidar a sus tres hijos pequeños, y que viva en nuestro hogar. Este puesto consiste principalmente en una semana laboral de lunes a viernes, aproximadamente doce horas al día, con un espacio para el almuerzo al mediodía. Las responsabilidades incluyen que los niños sigan un horario estricto de alimentación y sueño; mantener la higiene; preparar comidas; lavar la ropa de los niños; tiempo de juego supervisado, organización de materiales y artículos para los niños. Nuestra familia proporcionará alojamiento que incluye dormitorio y baño privados.

QUESTIONARIO PARA LA FUTURA EMPLEADA

Por favor escriba sus respuestas a las siguientes preguntas

1. *¿Qué le atrajo de esta oportunidad de entrevista?* I want work. Thenk you.

2. *¿Cuáles son sus objetivos profesionales a largo plazo?* I like work. Thenk you.

3. *¿Qué la convierte en una buena candidata para el puesto?* I like babys. They love me.

4. *¿Cuál es su experiencia haciendo cumplir horarios, siguiendo recetas, etc.?* Yes, is OK. I can do. Thenk you.

5. *Este trabajo requiere estar activa todo el día. ¿Prevé que esto sea un problema?* No, yo nunca me siento. Never sit.

6. *El trabajo requiere que obtenga una verificación de antecedentes, ¿le parece bien?* Yes. No problem, ninguno.

7. *Si se le ofrece el puesto, ¿cuándo estaría disponible para comenzar a trabajar?* Yo puedo trabajar. I can work. I want to work.

8. *¿Conduce?* No problem, ninguno. I learn. Thenk you.

Para el empleador

Recomienda a la solicitante:

Sí ☐

No ☑

Decisión pendiente: ☐

No es compatible: ☑

SEXTA SESIÓN

Antes de que digas nada, tengo que contarte algo: Alicia de Psychic me escribió el día antes de ir a esa entrevista. Me dijo: Mercurio está retrógrado. ¿Que tú no sabes what is that? Bueno. Mira, cada par de meses, durante tres o cuatro semanas, la comunicación is bad. So, por ejemplo, tú no puedes firmar contratos. Se lo dije a Ángela, pero ella como quiera puso el depósito para la casa en Long Island. ¿En un sitio que dizque se llama Shirley? You know this Shirley place?

Yes, ese mismito, donde se estralló el avión en los noventas. Ángela quiere vivir cerca de la playa. Me enseñó un montón de fotos. Yo no doy opiniones, pero ¿por qué ella quiere irse tan lejos donde no hay ni gente? Se va a aburrir. Tú verás.

Anyways, como quiera Alicia de Psychic dijo que no debería empezar nada nuevo, como un trabajo. Yes, en su carta decía así mismito *job*. Hay que tener mucho cuidado. No es el momento de hacer que algo suceda. Is de time de detenerse y reflexionar.

Alicia de Psychic también dijo que someone, dizque un antiguo amor, volverá a encender el fuego. Wepa, ¡de fire, mi amor!

Pero me aconsejó que tuviera cuidado porque es bad time para todo. ¿Un viejo amor? *¡Ja!* ¿Buscándome a mí? Unjú.

El último hombre que se me acercó así fue José. Happened many times. Es decir, muchas, muchas, muchas veces por muchísimos años. Pero no era nada serio.

José era el dueño de Everything Store, ahí en Broadway. Literalmente ahí había una cosa de todo. Y mantenía la tienda llena, rebosá. Y para cosas como un taladro o un martillo, él nos lo prestaba si prometíamos devolvérselo en las mismas condiciones. Es increíble que haya mantenido el negocio a flote por tanto tiempo, porque a él no le importaba hacer dinero. Un día yo necesitaba sacarle una copia a una llave. Y él estaba busy, entonces, en vez de hacerme esperar, me prometió que me haría un delívery después de que cerrara la tienda.

Cuando llegó, lo invité a que se tomara un cafecito. Y debió haberle gustado cómo se lo preparé porque me visitó muchas veces más después de eso. Yo no le di mucha mente a esas visitas. Él tenía una buena mujer en su casa. La Cubana nos caía bien. Más tarde nos enteramos de que no era cubana, sino de Venezuela. Ella era la cajera y le ponía los tiquecitos a todo para que pudiéramos saber el precio de la mercancía. Sus *qualities*, como José les decía, eran buenas para la tienda. Pero en su casa, esa *quality* para organizar volvía loco a José, crazy crazy. Ella controlaba lo que él podía comer, lo que podía beber, dónde no podía sentarse, dónde no podía poner los pies. ¡Jesú!

Yo estoy acostumbrada a que los hombres se sienten en mi cocina y hablen. Talk, talk, talk. José visita. Hernán visita. Mi hermano, Rafa, visita. Me visitan para escapar del mundo, you know?

Pero yo no nací ayer. Cuando un hombre se queja de su esposa con una mujer que vive sola, o muerdes o no muerdes. Y yo necesitaba una distracción para no pensar en Fernando. So, cuando José vino a mí, le dije que se sentara en el mueble y que pusiera los pies encima de la mesita de la sala, con los zapatos puestos y todo. *¡Ja!* Le serví un cafecito, dulce como a él le gusta. Y cuando quería fumarse un cigarrillo adentro, le ponía un cenicero a la vera y le decía: Dale. ¿Tú necesitas fósforo?

Encendió el cigarrillo, y forget it.

¿Tienes whisky?, preguntó.

Yo nunca tengo ron en el apartamento porque no me gusta dárselo a Rafa, que siempre bebe hasta que llega al fondo.

De next time, yo estaba lista para José. Compré mi botella de whisky y cuando se lo serví en un vaso con hielo, la forma en que ese hombre me miró, ¡ay, papá! Nos volvimos satín.

Con cada visita, más satín.

Let me tell you, yo me veo bien para mi edad, pero aun así, no todos los días se te aparece un hombre en la puerta así por así. Y José no era feo; era alto, con los hombros grandes y la nariz fuerte. ¿Tú me estás poniendo atención? Tú dices que sí con la cabeza como que estás entendiendo, pero yo creo que tú eres demasiado joven para entender, really entender. Cuando se llega a mi edad no es suficiente comer mucho pescado y aguacate y galones y galones de agua para mantener eso ahí jugoso y apretao. You know? ¡Ay, te di vergüenza! Sorry.

Es que nunca voy a poder contarle a Lulú de José. Si esa mujer se entera, es capaz de azararme la vida. Ella no lo haría apota; un azare es something que la gente hace sin estar consciente.

I know, I know, tenemos un trabajo serio que hacer. Pero déjame decirte que, cada vez que José tocaba el timbre, yo respondía. Estaba lista. I mean ready-ready. Me afeitaba las piernas. Me cortaba los pelos de ahí abajo. Y me ponía pantis (de esos de encajes) limpios. Apagaba todas las luces y lo recibía sonriendo en la sombra.

Igual que él, yo necesitaba un lugar sin reglas a donde huir. Le masajeaba los hombros. Esperaba hasta que se sintiera cómodo. Cuando me miraba así, you know, esa mirada, yo ponía el radio con la música alta y luego me le subía encima como a un caballo, pero al revés, con la espalda en frente de su pecho. No nos mirábamos. Nuestras mentes libres. *Free mind.* José me agarraba, no muy duro, pero con fuerza, you know. Ay, se sentía bien. So good. Nunca se quitaba toda la ropa. Eso me gustaba. Hacía que todo se sintiera, cómo te digo, menos mal. Y sus manos punchaban todos mis botones, here, here y aquí, mientras me lo ponía adentro so good. ¡Ay, mamá!

Él, muchas veces, me llegó a decir: Tú eres como un sueño. Like a dream.

Ay, Jesú, los hombres viven en las nubes.

Cuando se iba, yo me ponía mi piyama y me hacía un tubi. Me quitaba el maquillaje y me lavaba la cara para que los poros me pudieran respirar. Apagaba la música y ponía la novela. Qué alivio tener el apartamento para mí sola.

Nadie tenía que saber lo que pasaba entre nosotros. Se sentía bien mantenerlo privado. Como rezar. Tú no tienes que anunciar que tú rezas. Yo no necesito que nadie me haga sentir mal por eso. José fue el antídoto de unos cuantos de los años más venenosos de mi vida. Llenó el vacío en mi casa.

Listen to me, es bueno que nos recuerden que estamos vivos. Para eso Hernán es bueno. No, don't look at me like that, mi niña, que Hernán y yo somos familia. Pero él sigue siendo un hombre y estaría muerto si no reaccionara ante este mujerón.

Una vez Julio me botó una leche encima. Me empapó la blusa. Qué desastre. Bajó de la blusa a los pantalones. Tuve que quitármelo todo. Ese día yo estaba cuidando a los niños en el apartamento de Ángela. So, fui a su closet, pero esa flaca no tiene nada que me quede bien. Así que busqué en el closet de Hernán. OK, admito que me gusta el olor a sudor y colonia. Guilty, judge! Y entonces escuché mi nombre en esa voz paternal de Hernán.

¿Cara?

Él estaba parado en la entrada de la habitación. Yo había dejado la puerta abierta para oír a los niños.

¡Mira tú! Se me cayó la toalla. Gracias a Dios que yo estaba de espaldas. Me tapé las tetas con la mano y recogí la toalla. Fue como si me hubieran agarrado robando. ¿Qué yo iba a hacer? Yo solo tenía los pantis puestos. Y lo vi mirándome por el espejo de la pared del otro lado del cuarto. Parado ahí como una estatua. Yo también estaba como una estatua. Entonces dejé caer la toalla otra vez. Y ahí estaba. Imposible no verlo: Hernán estaba duro como una mano e pilón.

Con razón Ángela estaba tan celosa de Hernán, no wonder. El hombre es un bombón. I mean, no es que sea buenmozo como in de movies; más tierno, y sexy, como San Francisco de Asís. You know? ¿El santo que ama a los animales? So no, this too, no tengo a nadie con quién hablarlo.

Ay, Dios, ¿y qué es lo que me a mí pasa en tu oficina? I talk y talk. Sí, un chin de agua me va a caer bien. Thank you. Maybe es porque las luces aquí son tan brillosas, las paredes parecen como una cara sin pintura. ¿Y por qué tú no usas maquillaje? Tú eres joven. Este es el momento de encontrar a alguien. ¿Que no te *gusta* el maquillaje? Pero tú solo necesitas un chin, un poquitico. Estoy segura que tú ves todas las arrugas que yo tengo alrededor de los ojos, en to la cara. Tú te pones cream, ¿no? Todos los días, tienes que usar crema y un sombrero grande para que no te dé el sol. Yo no sabía eso cuando tenía tu edad. Mírame la frente, esas carreteras me están volviendo loca. Si yo hubiera sabido que todas las risas y los llantos que salieron de mí cuando era jovencita se verían así, no me hubiera reído ni llorado tanto en la vida, carajo. Por lo menos eso deberías aprender de mí. Learn it.

Pero, en serio, don't tell people, no-body, esto que te conté, especialmente a Lulú. Maybe ella necesite este programa el año que viene cuando sea oficialmente mayor de los cincuenta y cinco años. Ojalá que el Obama sea bueno y que no lo quiten. Pero eso, promise me que, si Lulú se sienta en esta silla, lo que te he dicho no va a salir nunca de aquí. Never. ¿Lo prometes? OK, good.

Si Lulú se llega a enterar de lo de José, diría, Dile que deje a su mujer y que te haga una mujer seria.

Yo he vivido lo suficiente. Y sé que la vida no es una película. Si José dejara a su mujer y cogiera lo de nosotros en serio, ¿tú crees que querría hacer ejercicio conmigo en el mueble como lo hizo todos esos años? I don't think so! Se comportaría como mi hermano Rafa. Que llegaba a su casa después del trabajo, se parqueaba en el sofá frente la televisión y bebía hasta que se dormía. Pobre Miguelina. Si ella decía algo, él le gritaba, ¡Coño, mujer! Tú no me das ni un par de horas pa relajarme. Miguelina estaba más sola que todos nosotros porque, con cada trago, Rafa se alejaba un chin más.

Cuando pienso en la buena esposa de José, la veo como otra Miguelina: aguantando. Al final, yo me llevé lo mejor de ese hombre. Never the bad; solo el dulce. Nos atendimos y cuidamos mutuamente por muchos años. ¿Y tú sabes qué? José todavía viene a mi apartamento. No como antes. Cerró su Everything Store después de que le dio un derrame cerebral y se arrugó como una ciruela pasa.

Ay, so sorry. I swear to you que yo no hablo de mis intimidades así. Aquí yo como que vomito las palabras. Ay, Dios. Yo no he estado con ningún otro hombre después de José. ¿Hace cuánto de eso, seis años? Is crazy. La mayoría de las mujeres que yo conozco ya cerraron sus tienda ahí abajo. A menos que lo hagan en secreto.

Tú puedes decirme cualquier cosa y estará seguro conmigo. Yo soy una tumba.

Anótalo ahí, write it down: Cara Romero nunca le enseña la salchicha al puerco.

Lulú nunca podría mantener a un amante en secreto. Lulú está llena de anuncios. Coge una cosa chiquita y la hace grande, todo big. Yo no conozco a nadie que le guste hablar más que a Lulú.

Muchas cosas que Lulú dice comienzan con: Don't forget, si no fuera por mí . . .

En la Escuelita siempre dejaba que Lulú se la luciera. Porque ella sabe mucho inglés. Ella lee en inglés, escribe bien en inglés y fue la primerita en el building en tener una computadora. Esto último, ella lo quiere escrito en los libros de historia. So yes, en la Escuelita, Lulú talk y talk porque dizque lo sabe todo. Pero cuando yo digo algo, la gente listen. Eso lo aprendí de mi papá. Mientras menos dices, más caso te hace la gente.

Te pongo un ejemplo: en la Escuelita nos dieron una Metrocard con el mapa de la MTA. La profesora puso el mapa del tren en la pared y pintó unos circulitos donde estaba la Escuelita y todos los otros lugares que podíamos visitar juntos: la Estatua de la Libertad, el Jardín Botánico, el Museo del Inmigrante, el Museo de Arte, el Zoológico del Bronx y así.

¿Adónde quiere ir primero, Cara?, preguntó la profesora.

¡Ja! La mirada en la cara de Lulú cuando todos voltearon a escucharme. Era como en la factoría, la gente me miraba como si yo estuviera in charge.

Dije, Yo quiero ir a la Estatua de la Libertad.

Así que fuimos.

Y déjame decirte que no es fácil llegar a la Estatua de la Libertad. Tuvimos que coger un tren y luego una guagua y después un barco y entonces walk y walk. Nos llevó dos horas. Ahí fue que yo entendí que Nueva York es grande. ¡Pero big!

Cuando la profesora nos preguntó si queríamos un tique especial para subir a la corona, of course que dije yes. Y Lulú también dijo que sí. Al principio, casi todo el mundo dijo que sí. Ella dijo que habían muchas escaleras para subir. Para mí, no problem. En el building, el elevador se daña a cada rato. ¿Tú me estás viendo los músculos en estas piernas? Muchacha. ¡Y e fácil! ¿Tú has estado en la estatua? ¿No? Solo los turistas. ¡Ja! Éramos turistas ese día.

La estatua estaba en una isla. So big. Cuando la profesora me vio la boca abierta dijo: Y espera a que veas la ciudad de Nueva York desde la corona.

Con todas las mierdas de la vida, fue bueno ser turista.

Cogimos el elevador hasta los pies de la estatua. La profesora nos enseñó la foto de los 162 escalones para llegar a la corona. Entonces, casi la mitad del grupo dijo que esperarían en un banquito. Incluida Lulú. Le dijo a todo el mundo que las escaleras iban a ser demasiado para mí. For me? ¿Cara Romero? Sin preguntar, me llevó al banquito para que yo me sentara con ella.

Yo quiero ver la corona, le dije, y seguí a la profesora hasta las escaleras.

¿En serio?

Sí.

Pues, dijo Lulú, yo solo me quedé aquí abajo por ti, por tus rodillas. ¡Vámonos!

Hoy las rodillas no me duelen, dije.

OK, dijo Lulú, tenemos que subir ciento sesenta y dos escalones.

Los escalones eran estrechos y en espiral. Me miré los pies y conté cada paso para siempre saber por dónde iba. Le dije a

Lulú, No mires para arriba. Parece imposible, pero we can do it.

A los cuarenta y cuatro pasos le pregunté a Lulú si quería tomarse un breakesito y me dijo que no. Cuando llegué a setenta y cinco, ahí fue cuando las piernas me empezaron a arder, pero como hago ejercicio en el apartamento, ese que tú subes y bajas como si te fueras a sentar pero no te sientas, ese, todavía pude aguantar. Pero podía oír a Lulú respirando pesado.

¿Estás bien?

¿Y por qué lo preguntas?, respondió.

Ella iba alante de mí. Respiraba con tanto agobio que le puse la mano en la espalda para aguantarla.

Al pasito, llegamos a la corona. Lulú se agarraba el estómago. La agarré del brazo y la llevé a que viéramos la ciudad de Nueva York. Una belleza. Nos quedamos ahí un rato largo, suficiente tiempo para que Lulú volviera a respirar normal. Yo no me sentía las piernas, ay, pero estaba tan happy de ver toda la ciudad con Lulú.

Cara Romero mira pa'llá. Desde Hato Mayor hasta la cima de la Estatua de la Libertad.

OK, OK, bien, ya, te voy a contar de la entrevista. De lady era bien nice. Más joven que yo; no mucho, pero todavía con babies chiquitos. Ya tú sabes cómo son las americanas. Esperan una eternidad para tener un hijo y entonces tienen que luchar más que el diablo pa quedar preñá.

But OK, OK, ella tiene una casa linda, de lady. Habían unas matas que le daban un chin de vida a la casa. Y una pintura, muy moderna, que era como el foco en la sala. I don't know si había una rana azul o un elefante azul, maybe una nube, o maybe to eso junto.

Ella quería que yo le trabajara cuatro noches a la semana. A veces cinco o seis.

Yo viajo mucho, dijo.

¡Qué tristeza! Sus hijos pasan tanto tiempo con gente que ni conocen.

Solo en español, dijo.

Sí, claro, no hay problema, le respondí. Ella hablaba very fast y no como tú o yo: distinto. Como si no le quedara aire pa respirar. Cuando yo estoy nerviosa no entiendo lo que la gente dice.

Pero yo sé que no quiero dormir en casa ajena. ¿Cómo voy a atender a la Vieja Caridad? ¿Y a los hijos de Ángela? ¿Y qué va a hacer Lulú por las mañanas si yo duermo en la casa de esa lady?

Yes, Lulú. I told you, ella me necesita. Anoche fue a mi apartamento con la botella de vino.

¿Qué yo voy a hacer con Adonis?, preguntó y me pasó un vaso.

Aparentemente, las cosas con Adonis están todavía peores de lo que nosotras nos habíamos imaginado. Él supo que lo iban a botar el año pasado. Last year! Y no planeó nada. Cogió ese crucero fancy con los niños anyways. Ay, su pobre esposa, Patricia, no tenía idea de to eso problema. Pero eso no es nada, cuando perdió el trabajo, el muchacho pretendía que se iba a trabajar todos los días, ¡por meses! Muérete. No, no tú, es un decir, mi niña.

Lulú está pasando por una verdadera crisis. Tú no me lo vas a creer. O maybe yes porque Lulú puede ser a little dramática. Se quitó la faja y la tiró por la ventana. Una mujer que se mete en su faja desde que se levanta de la cama. Siempre una talla menos que la de ella. Esa mujer no podía agacharse pa recoger algo del suelo. Las tetas aquí arriba en la garganta, como misiles.

So imagínate, la pobre Lulú en la ventana, solo con la bata puesta. ¿Y cuándo ella empezó a usar batas afuera de la casa? Yo le podía ver todo ahí abajo. Nunca le había visto el estómago; las tetas apuntando pa'l suelo.

Yo te la busco, dije, y corrí a la ventana para asegurarme de que la faja estaba ahí abajo. But it was gone. Desaparecida. *Puf.* ¿Quién se lleva una faja de la calle? Solo en Washington Heights.

Podía verles las raíces blancas en la cabeza, media pulgada de canas en el borde de la frente. Yo no tenía idea de la cantidad de canas que tenía.

Lulú parece diez años más vieja, maybe veinte, con la caída de Adonis. Segurito que no ha comido la semana entera porque está vacía de vida. ¿Cómo pueden las madres ser felices cuando los hijos están sufriendo? Imposible.

Maybe yo no siempre sé qué decir, pero cuando la veo a ella destruida, sé que vivir cerca una de la otra es importante.

Por teléfono, nunca podría verle las canas. O los ojos, como la boca de una cueva.

¿Por qué tú no puedes encontrarme un trabajo donde yo pueda trabajar desde mi apartamento?

Todavía me quedan cinco años antes de que yo pueda cobrar el Social Security. ¡A Lulú le quedan siete! Es imposible vivir solo con ese dinero. Lulú y yo teníamos planeado trabajar hasta los setenta años (el bono extra del retiro iba a ser para apartamentos en Miami; o dos casitas en Tampa; o algún otro lugar, caliente y con playa). Un día, pensábamos, podríamos tener más espacio, no una viviendo encima de la otra, para no tener que escuchar todo a través de un tubo del estín. Tendríamos casas una frente a la otra para poder saludarnos desde nuestros jardines.

Ese sueño ahora está tan lejos. Ahora ella está tirando fajas por las ventanas.

¡Ay, Dios mío! ¡Vamos a perder los apartamentos! ¡Vamos a terminar en la calle! ¡En ese banquito, en el parque, dándole pan viejo a las palomas!

Miramos por la ventana, viendo la noche invadir las calles, full de gente entrando a los restaurantes que venden café a cuatro dólares. Un hamburger por dieciséis dólares. *¡Pss!*

¿Cómo voy a ayudar a Adonis si no tengo un peso encima?, preguntó.

Vamos a bebernos el vino, dije, e hice cena para las dos: plátanos maduros del color del sol.

But, like I told you, Mercurio está retrógrado. Eso fue lo que Alicia de Psych dijo. So, olvídate de las próximas cuatro semanas, forget it. Right now, Lulú no quiere escuchar que las cosas van a mejorar. Ella quiere llorar, pero no puede llorar. ¿Entonces qué hace? Bebe más vino. Pero no consigue el alivio de llorar. Ay, Lulú. Sé fuerte, es todo lo que le puedo decir, be strong, my friend . . . Tú verás, en el nuevo trabajo que tengamos nos van a pagar el doble.

EDIFICIO GENTRIFICADO CON CONTROL DE ALQUILER, INC.

FACTURA #452906

Little Dominican Republic

Nueva York, NY 10032

Para: Cara Romero

FACTURA

RENTA MENSUAL (MARZO 2009)	$888.00
BALANCE	$1,678.00
PAGO RECIBIDO (05/FEB/09)	-$250.00
CARGO POR PAGO TARDÍO	$40.00
Saldo restante	$2,356.00

El alquiler vence el día 1 de cada mes. Pague a tiempo para evitar cargos por pagos tardíos.

QUISQUEYA DENTAL

Washington Heights, Nueva York

Desglose de servicios y costos

Paciente: Cara Romero   **#ID:** 654321   **#de cuenta:** 123456

Fecha:	Servicio:	Total:
18/Abr/2008	Raspado periodontal y alisado radicular por cuadrante	$182.00
30/Jul/2008	Raspado periodontal y alisado radicular por cuadrante	$182.00
18/Nov/2008	Mantenimiento periodontal Procedimiento (seguido de terapia activa)	$110.00

Balance: $474.00
Pago inicial (30%): $142.20
Planes de pago disponibles:
→ 5.9%–12% de interés.
→ 12–24 meses si califica.

EL PUESTO

Trabajo de tiempo completo

Descripción de la posición
Puesto: Guardia de seguridad, escuela intermedia, del sexto al noveno grado
Lugar: The New York City Charter Middle School, Inwood, New York

Responsabilidades:

- Supervisar la entrada y salida de estudiantes
- Detectar y disuadir intrusos
- Monitorear y mantener el orden en la cafetería durante la hora de almuerzo
- Recibir e inspeccionar el correo y los paquetes que se reciban
- Asistir a reuniones semanales que abordan temas actuales respecto al plantel
- Trabajar horas extras cuando sea necesario para vigilar las conferencias de padres y otras actividades estudiantiles
- Contestar y redirigir llamadas telefónicas
- Motivar a los estudiantes y asegurarse de que cumplan con todas las políticas escolares (uniformes, teléfonos celulares, identificaciones, etc.)
- Documentar sucesos inusuales y recopilar declaraciones de testigos
- Comunicarse con la policía, el departamento de bomberos

o los servicios médicos de emergencia (EMS) en caso de emergencias

Cualificaciones:

- Debe tener certificación de guardia de seguridad para clases de ocho y dieciséis horas
- Se prefiere experiencia en escuela secundaria, pero no es requerido
- Capacidad para comunicarse de manera efectiva y frecuente con los padres y las familias
- Creer que todos los estudiantes pueden aprender y alcanzar altos niveles

Salario

Competitivo y acorde con la experiencia y la(s) certificación(es).

Las personas interesadas pueden enviar hoja de vida y carta de presentación a: NYC Charter Middle School. Esta es una institución que ofrece igualdad de oportunidades y no discrimina a ningún individuo ni grupo por motivos de raza, color, credo, sexo, edad, origen, nacional, estado civil, preferencias sexuales ni discapacidad física o mental.

SEPTIMA SESIÓN

Hoy vengo con muy buenas noticias que darte, very very good. Finalmente, Alicia de Psychic me escribió y menciona dinero. Dice que en un mes "experimentaré" a big fortune. Maybe is a job! Y quién sabe qué más. ¡Ay, mamá! Porque ella dijo que sucederán tres cosas. Three! Look, look, le pedí a Ángela que me printeara la carta en su oficina para que vieras que Alicia de Psychic no es un robot.

Estimada Carabonita,
Estoy muy emocionada por ti. El destino me ha puesto en tu camino para que yo pueda darte esta maravillosa noticia. Tus guardianes me han enviado este mensaje. Después de atender a todo el mundo, esta es una oportunidad para cuidarte a ti misma. Tu fortuna te está esperando. Te mereces una vida feliz.

Toma nota de esta fecha especial: dentro de cuatro semanas tu vida se transformará de forma drástica. Ve a un calendario ahora mismo y anótalo. Lo que ocurra en este día iniciará un cambio irreversible en el camino de tu vida.

Esa será la primera fortuna. Luego habrá dos más. Tienes que creerme. Lo vi muy claro en tu futuro. Sé que no nos conocemos en persona, pero no puedo dejar de enfatizar cuán extraordinarias son tus circunstancias, Carabonita. ¡Las estrellas están trabajando para ti!

Estoy segura de que podrías ver miles de dólares durante este período. ¿Puedes imaginarte una vida con seguridad financiera y amor? He estado haciendo esto por mucho tiempo, Carabonita. No me habría molestado en escribirte si no estuviera absolutamente segura de que tu vida está a punto de cambiar.

Sé que estás pasando por dificultades económicas, Carabonita, así que voy a hacer algo inusual. Voy a pedir menos de lo que pagan muchos de mis clientes, para ayudarte. Aprovecha esta oportunidad. Todo lo que necesito es una pequeña tarifa para cubrir los costos de mi equipo esencial. ¡Y es completamente libre de riesgos!

Yo sé que mis predicciones suenan demasiado buenas para ser verdad, Carabonita, así que no te pido que confíes en mi palabra. Ponme a prueba. Y si por alguna razón mis visiones me han mal informado, entonces no quiero tu dinero. Solo házmelo saber y te enviaré un reembolso completo, sin preguntas.

Una cosa más. No te sientas culpable por las cosas maravillosas que vas a recibir. Recuerda que nadie se merece esto más que tú.

Tu amiga y guía espiritual que te quiere,

Alicia the Psychic

¿A ti ella te parece un robot? Ella sabe que necesito el dinero y que me he sacrificado por los demás, asegurándome de que todo el mundo is OK. Is a big job. Le enseñé esta carta a Lulú, pero me dijo, Is a scam. ¡Una estafa!

¡Pero los correos electrónicos que me manda son muy específicos! No solo este, todos los otros. Y aunque no le mando el dinero, ella sigue escribiéndome. Cuando Walter Mercado estaba en la televisión todos los días —ay, es terrible que ya no salga en la televisión— me dijo algo. OK, yes, a mí y a everybody que estaba viendo la televisión, dijo que la gente que tienen visiones tienen la responsabilidad de compartir lo que ven. Aunque él no estuviera en la televisión, Walter hubiera salido a la calle a compartir sus visiones. Es un privilegio tener esta capacidad. Así que yo creo en Alicia de Psychic, aunque Lulú me diga que estoy loca por andar confiando.

Pero no te creas, yo tengo cuidado. Puedo oler las estafas.

Por ejemplo, yo recibí un correo de una madre de Nigeria que lo había perdido todo.

Help. Envíe dinero de inmediato, le prometo que pagaré el doble, dijo.

Esa mujer de Nigeria estaba sola con sus hijos. Escapando de un hombre violento, el hijo de un rey. Ella movió todo el dinero que heredó de su papá a una cuenta bancaria secreta, y era la única que sabía el número. Si me ayuda, compartiré mi fortuna con usted, dijo.

La carta me hizo pensar en todas las mujeres, como yo, que escapan de los hombres que están tan locos que en plena noche le cortan la pierna a otro hombre. Yo no tenía ningún secret money que esconder cuando dejé a Ricardo. Él ni siquiera tenía suficiente dinero para echarle gasolina al motor. Me fui de Hato Mayor sin nada, solo con Fernando y dos o tres chucherías. Pero lo que estoy tratando de decir es que un carnicero y un príncipe tienen más en común cuando están angry.

No, yo no le mandé dinero a la mujer de Nigeria. Yo no tengo dinero. Pero casi le digo que entiendo su vida porque yo también tuve que correr.

Es mejor no responder. Porque a veces si abres un chin la puerta, la gente se te muda en el apartamento. ¿Tú me estás entendiendo?

La Vieja Caridad dice que puedo ser una buena guachimana. You know, security guard. ¿Qué tú crees? Y maybe puedo ser security en una escuela, porque soy muy buena para mantener seguros a los muchachos.

Como el otro día. Ángela y yo estábamos paseando con Yadirisela por Broadway. Ángela quiere que yo me haga citizen porque ahora la green card es como una visa de turista. Tuvimos que hacer muchísimas paradas. Que en la biblioteca. En el fotógrafo para tomarme una foto de pasaporte, porque el mío se venció hace un tro de años. Antes de irse para Long Island, ella quiere que yo tenga todos mis papeles organizados.

Incluso con Mercurio retrógrado, a ella le dieron el préstamo que necesitaba del banco. Pero cuando habla de Long Island habla como si fuera a irse pa la luna.

Pero OK, estábamos caminando y este hombre que nunca había visto en mi vida estaba frente a donde venden los hamburgers. You know that place? ¿Qué si te comes uno, is OK, pero si te comes dos se te sale la cacá en los pantis? Ah, ¿tú sabes cuál es del que te estoy hablando? You like? Ay, usted. Eso es porque nada más te comes uno. A mí, every time, me duele la barriga.

Pero anyways, mucha gente rara pasan por este barrio porque por aquí facilito se puede ir al puente George Washington Bridge y coger el highway. Ángela y Yadirisela iban caminando y este hombre le picó un ojo a Yadirisela y no a mí. You know? Wink-wink! Bueno, eso estuvo raro. Yadirisela solo tiene diez años. A baby. El hombre tenía puesto un buen traje de lana. Con los zapatos limpios y elegantes. Las manos con manicure. Pero yo me puse chiva, sospechosa.

Vaya que has crecido, le dijo el hombre a Yadirisela.

Do I know you?, le preguntó Ángela al hombre.

Vámonos, dije jalando a Ángela. Sentí esa sensación de frío aquí atrás, en el cuello.

Pero Ángela, especialmente cuando yo trato de decirle qué hacer, hace lo contrario.

Tú te pareces a tu papá, dijo el hombre.

Cualquier idiota podría ver que Yadirisela se parece a su papá, oh oh, porque de Ángela no tiene na.

¿Usted conoce a Hernán? ¿Trabaja en el hospital?, dijo ella, dándole al hombre toda la información. Toda esa educación la convirtió en una verdadera pendeja.

Ah, pero por supuesto. Todo el mundo conoce a Hernán, respondió.

¿Puedo tomarte una foto para mostrársela a mi esposa?, preguntó el hombre. Ella no va a creer cómo ha pasado el tiempo.

Pero yo vi que el hombre ese no tenía puesto anillo de matrimonio. ¿Por qué habló de una esposa? ¿Eso no te huele raro? ¡Eso tá chivo!

Jalé de nuevo a Ángela por el brazo.

Ay, Cara, ¿qué te pasa?, fue lo que dijo.

Ángela y Yadirisela hicieron una pose. Y después otra pose, como si estuvieran modelando para una revista.

Look, a mí no me importa lo nice que se veía ese hombre. Ningún hombre debería tener una foto de Yadirisela, excepto por su papá.

¿Cuántos años tienes? ¿Nueve, diez? ¿Qué es eso, quinto grado?

Hizo demasiadas preguntas, too many questions. *Jum.*

Sexto curso, dijo Ángela. Ella es muy inteligente. Y buena cantando. ¡Va a tener un solo en Santa Rosa de Lima el próximo domingo!

¿Tú ves lo que quiero decir? Con una cuchara Ángela le dio toda la información al hombre ese.

Oh, conozco esa iglesia, dijo el malvao.

Mientras ellos estaban ahí muy ocupados talk y talk, saqué la camarita que tengo en mi cartera, mira esta, exactamente por esa razón y, *pra*, le tomé una foto por si tenemos que hacer un cartel de Se busca.

Después, le grité a Ángela. ¿Por qué tú le estás enseñando a Yadirisela a hablar con extraños en la calle?

Él conoce a Hernán, dijo.

Nosotras no sabemos eso, le dije yo.

Al otro día fui a la escuela de Yadirisela y esperé afuera a que saliera. Ángela dice que is OK que Yadirisela camine sola desde la escuela a su casa. Pero yo, yo veo de news everyday, mi amor, y sé que a las niñas que tienen diez años les pasan muchas cosas. Ángela cree que yo soy paranoica. Se la pasa diciendo que no podemos vivir pensando en lo peor, que tenemos que pensar que sucederá lo mejor. Y maybe eso le funcione a ella, porque todo lo que Ángela quiere, lo consigue.

Desde el momento en que llegó a Nueva York, dijo, Yo voy a ser una profesional. Le tomó siete años, seven years pa terminar la carrera, pero salió con diploma en la mano. Dijo que quería un buen esposo y dos hijos y ahora tiene a Hernán. Dijo que quería comprar una casa y ahora compró una casa. Ella cree que si uno sigue un plan, puede hacer que todo suceda. Pero yo creo que tú puedes trabajar duro, romperte el lomo como yo y no tener nada. En esta vida hay que tener suerte, lucky baby. Yo no le envié dinero a Alicia de Psychic, pero hice un gran círculo en el calendario, como me dijo que hiciera.

So, anyways. Seguí a Yadirisela cuando salió de la escuela. Yo sé que es raro, pero no quería que ella me viera cayéndole atrás. A Fernando no le gustaba cuando yo lo seguía. Eso nos creó muchos problemas. Lo humillaba según él. Pero a los niños también les pasan muchas cosas, so I did everything, todo lo que pude para mantener a Fernando sano y salvo. Pero no fue fácil.

Imagínate con Yadirisela. Estoy tan conectada con ella. Si algo me le pasara a mi muchachita, yo me moriría. El día del concierto, me paré en la parte de atrás de la iglesia, cerca de la entrada, para escucharla cantando. Oh, un día deberías ir y oírla. Is better que cualquiera de esos cantantes en la televisión.

Anyways, no vi al hombre ese, pero es posible que él me

viera. Él sabe que le tomé fotos. So tiene que pisar fino y andar con cuidao.

¿Y sabes lo que pasó? Esa misma semana, en las noticias, vi que se había desaparecido una niña de este barrio de doce años. Y luego vi los carteles en las calles. You saw them?

SE BUSCA NIÑA DESAPARECIDA.
POR FAVOR AYÚDENOS A ENCONTRARLA.

Penélope González / F / Latina-Trigueña / Doce años
Fecha de nac. 05/Ene/1997
5'4" de estatura, 110 lbs.
Cabello castaño
Ojos marrones
Fue vista por última vez con sudadera negra con capucha y sandalias.

No tan diferente a Yadirisela. Eso pasó a solo ocho bloques de donde vivimos.

And guess what? El reportero le advirtió a los padres que no compartieran fotos de sus hijos en la computadora. Especialmente fotos donde se pueda ver la escuela detrás. You see? Dijeron que hay hombres raros que toman fotos y las ponen en la computadora. Venden a las niñitas. Solo tienen que identificar la escuela. Las vigilan y las agarran y se las llevan a otro estado. Le cambian los nombres para que desaparezcan pa siempre. Forever en ever.

A mí no me importa que Ángela diga que soy paranoica.

Ella no entiende que vivimos en un mundo peligroso con gente muy enferma, very sick de la cabeza. Alguien tiene que velar por los niños.

¿Tú te sabes la historia de los monos paranoicos? ¿No? I will tell you. Mi vecina Mariposa me contó que los científicos vieron que había un par de monos en la selva armándole un gran revolú al resto. Entonces se los llevaron temporalmente, para estudiarlos y que, eventually, pudieran ayudar a las personas paranoicas. Le dieron drogas para que estuvieran más tranquilos. ¿Pero you know what happened? Cuando regresaron a la comunidad con esos monos, todos los otros se habían muerto o estaban desaparecidos. Aaaahhh. And you know why? Porque la comunidad necesita que alguien como yo le preste atención al peligro. Todo el mundo no puede estar tranquilo. ¡Estar tranquila es un lujo!

So yes, si acepto un trabajo de guachimana en la escuela, puedo sentarme y ver las cámaras y asegurarme de que no entre nunca un hombre raro.

Ay, you are so right! Es como cuando veo el Channel 15.

Recientemente vi algo en el Channel 15 que es un buen ejemplo para que veas cuánto me preocupo por los niños y su safety en security.

Sabrina, la hija de mi vecina, estaba en el lobby, como a las once de la noche, en piyama y las chancletas con una bola grande de pelusa arriba. ¡Con este frío! Ella le estaba abriendo la puerta a una de sus amiguitas, que tenía puesto un uniforme de escuela católica. Entonces, se desaparecieron de la cámara.

Maybe a fumar? Antes, era de los machos que nos teníamos que preocupar. Pero now, las muchachitas fuman como si fueran varones. Bueno, que al otro día, encontré tabaco por toda la escalera.

En ese edificio no pasa nada que yo no me entere. La mamá de Sabrina tiene dos trabajos para que su hija, dizque inteligente, pueda ir a la escuela Madre Cabrini. You know, una de las buenas escuelas católicas de por aquí. Cuando trabaja de noche, deja a las dos hijas con la abuela, a quien ahora se le olvidan las cosas. ¡Ay, Jesú! Y si hay alguien que necesita ojos y oídos extras es esa muchachita, la Sabrina.

¿Por qué tenía esa otra niña el uniforme puesto todavía, como si no tuviera una casa a dónde ir?

Cuando Fernando se fue, yo no pegué un ojo en días, many nights, pensando que Fernando también se quedaba en lobbies como el de mi casa. Antes de conocer a Alexis, me preocupaba. *¿Y si Fernando está durmiendo en las escaleras o en los banquitos del parque como la gente sin familia? Estos muchachos con toda la vida por delante, ¿y si alguien los obliga a hacer asquerosidades por un hamburger?*

¡Esa amiguita de Sabrina ni siquiera andaba con una mochila!

So, otra noche, cuando vi a Sabrina otra vez en el lobby y volvió a desaparecerse de la cámara con su amiguita, pensé que yo tenía que hablar con ella. Sabrina necesitaba saber que sus actividades estaban en la televisión. Yo nunca la he visto en la cámara dejando entrar a muchachos varones, solo a su amiga, pero en un edificio donde el bochinche vuela, un día de estos la van a agarrar.

So, me puse mi abrigo y bajé pa'bajo. Las oí riéndose como a dos pisos del mío. Se reían alto y luego, de un pronto, everything silence. Entonces esa peste. Oh my God, qué bajo. Estaban fumando la mariguana, como si no supieran que eso le para el crecimiento. Las catapulta pa la heroína. Me rompe el corazón.

Es solo una niñita y tiene que concentrarse en su escuela para que pueda conseguir a good job con seguro médico. Que se mantenga alejada de esas drogas y de la bebida. Eso es todo lo que cualquier madre quiere. Y Sabrina también es bonita. Caramba, so pretty.

Bajé, lo suficientemente cerca para ver a las muchachitas agarrá de mano. Entonces Sabrina se acercó a la del uniforme. What you doing?, quería decir, pero no podía hablar. Y ahí mismito, one kiss. En la boca. Y después otro beso. Stop! Dije, pero tal vez solo dentro de mi cabeza. Porque se besaron más. Yo quería salvar a Sabrina. ¿Qué sabe ella del mundo? Está arruinando su vida. Pero me tranqué. I told you, cuando me pongo nerviosa se me va la voz. Se besaban como si fueran invisibles. Y recordé ese sentimiento, ese feeling, you know?, besar antes de conocer ningún mal, ninguna maldad. Cuando besaba con curiosidad.

La muchacha del uniforme tenía la espalda pegá a la pared y, cuando abrió los ojos, me vio. Y empujó a Sabrina. Estaban tan asustadas de mí. ¡De mí!

Am sorry, dije.

Dejé caer mis llaves, las recogí y volví a subir los escalones. Tal vez si actúo como que no ha pasado, ella puede seguir siendo inocente, pensé. No, yo no pensaba contarle a la mamá lo que vi. Pero Sabrina no sabía eso.

Why no? Ay, ñeñe, ¿y si le da tremenda pela a Sabrina? Maybe hasta con el bate de pelota que tiene atrás de la puerta. I don't know, yo qué sé. Pienso en Fernando. Ahora veo que pude haber sido más dulce con él. Yo eso no lo entendía antes de que él se fuera. Aprendí de mala manera que hay que ser amable con los hijos, o puedes perderlos para siempre.

Ay, sí, give me a Kleenex. Mira cómo tú me pones.

I don't know. Yo no sé qué piensa Fernando de mí. Aun así, every day, espero que regrese y se siente en la cocina a comerse mi comida. Cuando él se fue, le pedí a la policía que me ayudara a encontrarlo. But nothing, no me ayudaron. Cada vez que una persona me decía que lo había visto, lo salía a buscar como una loca. No como mi mamá, que nunca me buscó.

¿Yo te conté de la vez que fui al Bronx? Yes, cuando conocí a Alexis. I will confess una cosa to you. Otro día, antes de ese. Es que no me gusta pensar en eso. Algunas cosas son demasiado difíciles de contar. But yes, un año después de que Fernando se fue, mi vecina Tita me dijo que lo vio en el building de la 180 y Pinehurst, dizque ayudando al súper. Y ahí estaba yo, buscándolo por todas partes, everywhere, y luego Tita me dice eso. ¡Que él estaba a unos cuantos bloques de mi casa!

Dijo que Fernando tenía puesto un gorro tejido, pero no de los que se compran en la calle, pero como que alguien se lo había hecho, rojo con punticos amarillos. Tita teje para relajarse, así que eso fue lo primero que notó. Pero cuando él se quitó el gorro ella se sorprendió, porque tenía el pelo corto por los lados, pero arriba, el pelo parao y suelto, un gran afro.

¿Como un gallo?, le pregunté, y ella dijo que sí.

He looked healthy, no flaco. Pero la piel de las mejillas no estaba tan bien porque maybe estaba bebiendo demasiada leche y comiendo azúcar. A Fernando le encantaba el conflé con leche por la mañana. Podía comerse una caja de desayuno.

So, of course que fui a ver. Y desde afuera lo vi en el lobby, agarrándole una escalera a un hombre que estaba pintando una pared. Imagínate mi corazón, I couldn't believe it. Ay, no lo podía creer.

¡Fernando!, le grité. Lo asusté porque soltó la escalera, el hombre se cayó con to y la lata de pintura. Ay, Dios mío. Qué desastre. El hombre cayó encima de Fernando, thank God. Pero la pintura se regó por todas partes. Me embalé a ayudarlos. ¡Uf! La pintura que pisé hizo un tollo todavía más grande.

¿Mami?, dijo, con los ojo azorao. Ay, tantas noches yo sin dormir, deseando que él dijera eso. Y el hombre preguntó: This is your mother?

Of course que tenemos la misma nariz. Los mismos ojos. Yo estaba tan feliz de escuchar su voz. Mami. Mami. Mami. Se había ido hace casi un año. One year!

Fernando tenía un tatuaje en la muñeca. Aquí mira. Y un arete en la oreja izquierda.

Mami, what are you doing here?

Me le acerqué para olerlo. He was OK. Tenía el blanco de los ojo brilloso y las pupilas de un tamaño normal. Él estaba bien. La piel, sana. He was OK. Ay, eso me dolió. Él estaba bien sin mí. Ay, pero qué alivio. He was OK. No parecía un homeless.

Mami, vete, dijo Fernando. Tengo que limpiar este desastre.

Con voz tranquila, le pedí que fuera a cenar esa noche a la casa.

OK, dijo.

Nunca llegó. No llamó. And yes, dejó ese trabajo. O maybe lo botaron. Qué sé yo. Pero cuando volví, el súper dijo que Fernando le dijo a las autoridades que no quería volver a verme.

What is wrong with this country? Tan frío, so cold. Con un papel, arruinan una vida.

Ay, hoy ya hablé demasiado. Ya.

ORDEN DE PROTECCIÓN TEMPORAL

FECHA: Año 2000 después de que Cara
fuera a buscar a Fernando
a la calle 180 y Pinehurst
PRESENTE: Honorable Juez

En materia de procedimiento por DELITO FAMILIAR
Fernando Ricardo Romero
(Protegido)
-contra-
Cara Romero
(Demandada)

AVISO: SU INCUMPLIMIENTO DE ESTA ORDEN PUEDE SOMETERLA A ARRESTO OBLIGATORIO Y PROCESAMIENTO PENAL, LO CUAL PUEDE RESULTAR EN SU ENCARCELACIÓN POR HASTA SIETE AÑOS POR DESAFIO AL TRIBUNAL. SI NO SE PRESENTA ANTE LA CORTE CUANDO SE LE REQUIERA, ESTA ORDEN PUEDE PROLONGARSE EN SU AUSENCIA Y CONTINUAR EN EFECTO HASTA UNA NUEVA FECHA ESTABLECIDA POR EL TRIBUNAL.

Si vuelve a perseguir a Fernando irá a la cárcel. Punto final.

ESTA ORDEN DE PROTECCIÓN PERMANECERÁ EN EFECTO

INCLUSO SI LA PARTE PROTEGIDA TIENE, O CONSIENTE A TENER, CONTACTO O COMUNICACIÓN CON LA PERSONA CONTRA QUIEN HA SIDO EMITIDA LA ORDEN. ESTA ORDEN DE PROTECCIÓN SOLO PUEDE SER MODIFICADA O FINALIZADA POR LA CORTE. A LA PARTE PROTEGIDA NO SE LE PUEDE ACUSAR DE VIOLAR ESTA ORDEN.

POR LA PRESENTE SE ORDENA que CARA ROMERO siga las siguientes condiciones de comportamiento:

Alejarse de:

[A] Fernando Ricardo Romero
[B] la casa de Fernando Ricardo Romero
[C] el lugar de trabajo de Fernando Ricardo Romero

Debe abstenerse de comunicarse o de tener ningún otro contacto por correo, teléfono, correo electrónico, buzón de voz u otro medio electrónico o cualquier otro modo con Fernando Ricardo Romero.

Debe abstenerse de asaltar, acechar, acosar, acosar de forma agravada, amenazar, estrangular, poner en peligro de forma imprudente o temeraria u obstruir de forma criminal la respiración o la circulación de la parte protegida, abstenerse de mostrar una conducta desordenada, inapropiada o sexual, abusar sexualmente, delinquir contra la propiedad, contactar de modo forzado, intimidar, amenazar, robar la identidad, hurtar, coaccionar o llevar a cabo cualquier otro delito penal contra Fernando Ricardo Romero.

OFICINA DE SERVICIOS PARA NIÑOS Y FAMILIARES

Solicitud de guardería pequeña en casa

Gracias por preguntar acerca de cómo iniciar una pequeña guardería en su hogar. Operar una guardería puede ser una decisión profesional gratificante. Nos complace enviarle un paquete de solicitud. La Oficina de Servicios para Niños y Familias fomenta además a que las personas interesadas soliciten ayuda para obtener asistencia técnica adicional.

Este paquete contiene la información que necesitará para comenzar el proceso de solicitud. La lista de verificación de documentos requeridos para abrir una guardería en casa incluye los treinta documentos requeridos para completar esta solicitud, entre ellos: el formulario de solicitud de huellas dactilares, declaración de condena penal, calificaciones y referencias, plan de evacuación de emergencia, informe para la prueba del suministro de agua, certificación de primeros auxilios y RCP, formación en manejo de comportamiento, planificación de menús y una política de manejo de comportamiento y abuso infantil para su pequeña guardería.

Información general

Todas las solicitantes deben tener dieciocho años de edad o más y deben completar la siguiente planilla.

Por favor escriba con claridad.

Solicitante
Nombre: Romero, Cara
Fecha de nacimiento: 18/Ene/1953
Dirección: Washington Heights
¿Habla inglés? Yes

Capacidad solicitada
Especifique a continuación el número de niños, por grupo de edad, que está solicitando.
Número de bebés (18–36 meses): 2
Número de niños en preescolar (3 años–K): 2
Número de niños en edad escolar (K–12 años): 2

Horas de operación
Every day de 7:00 a.m. a 7:00 p.m. is possible.

Calificaciones del director
Niveles de educación: Fui a eskool. I know to writ and rid en numbers.
Experiencia de cuidado de niños: Soy moder. I take care of de los 3 hijos de Hernán y Ángela.

Cualificación de los deberes típicos del personal de guardería:
- levantar y transportar niños
- trabajo de escritorio
- conductora de vehículo

- preparación de comida
- mantenimiento de instalaciones
- evacuación de niños en caso de emergencia

Referencias

Referencia #1: Lulú Sánchez
Referencia #2: Hernán Ortiz
Referencia #3: Ángela Romero Ortiz

A mi leal saber y entender, las declaraciones que he proporcionado en esta solicitud son verdaderas y precisas.

Firma

_____

OFICINA DE SERVICIOS PARA NIÑOS Y FAMILIARES

Solicitud de guardería pequeña en casa
Plan de manejo de comportamiento

Métodos aceptables:

- Concéntrese en lo positivo, no en lo negativo. Por ejemplo: «Vamos a elegir una palabra mejor», en lugar de «No digas eso».
- Redirigir. En un conflicto, distraiga con un juguete o actividad alternativa.
- Ofrezca opciones: «Puedes sentarte en el piso o en la mesa para jugar».
- Elogie el comportamiento positivo: «¡Gracias por guardar los juguetes!».
- Escuche a los niños y responda a sus necesidades antes de que comiencen los problemas; mantener a los niños ocupados ayuda a prevenir conflictos.
- Los niños aprenden con ejemplos: Utilice por favor y gracias.

Prohibido:

- El castigo corporal está prohibido. Sacudir, abofetear, retorcer, apretar y azotar.
- Está prohibido el uso de habitaciones para aislar. Ningún niño puede estar aislado en una habitación adyacente, pasillo, armario, área oscura, área de juegos o cualquier otra área donde no se pueda ver o supervisar a un niño.
- La comida no se puede usar o retener como castigo ni premio.

Yo, _____, acepto cumplir con el Plan de manejo de comportamiento.

Firma

_____

OCTAVA SESIÓN

¡Ay, mira! Ya tienes un vaso de agua listo para mí; hoy ni siquiera tuve que preguntar. *¡Ja!* Qué linda. Segurito que quieres ponerme a trabajar right away. Yes, yo entiendo que no nos queda mucho tiempo juntas y que tú quieres que yo consiga un job very very soon. Y eso está muy bien, because I need a job. Pero yo no creo que cuidar niños en mi apartamento sea una buena idea para mí. No. No good.

¿Tú viste cuántos papeles son? ¡Una biblia de papeles! Pensé por muchas pero muchas horas sobre esta posibilidad y ya tomé una decisión: No.

Is true que a veces la gente nueva que se muda en el building me piden que le cuide a sus babies. Y es verdad que yo quiero trabajar desde mi casa, pero después de lo que me pasó esta semana, I say no. No y no y no. Puedo hacerlo, pero no officially. You know? Yo no me quiero meter en problemas con las authorities ni tener problemas con la gente.

OK, déjame explicarte:

Voy a empezar por la pobre Lulú. La situación con Adonis la

está destrozando. Ella estaba más gorda que yo, pero ahora está vacía, la ropa le baila encima. Is terrible. Trato de hacerla comer, pero hasta el hambre se le ha ido. El pelo, como una vieja, ahora nada más se le ven las canas. Es otra Lulú. Si tan solo yo tuviera el dinero para pagarle el salón, la obligaría a ir.

Lulú, frente a mí, se hace la fuerte, bien tough ella. But, por la nochecita oigo sus lamentos viajando por el tubo del estín de la cocina. El problema es que al principio Adonis pensaba que iba a poder rentar un lugar por un tiempo hasta que encontrara un buen trabajo, pero Patricia, his wife, you know, le confesó a Lulú que todos los días se entera de otra cosa que Adonis compró con la tarjeta de crédito y que nunca pagó. Can you believe that? ¡Jesú! Everyday, un bill nuevo. Por ejemplo, la escuela de los niños, que no pagó en muchísimos meses. Patricia confió en Adonis porque él tiene un título en Economy de una de las mejores escuelas del país, pero ahora están en un gran problema. Qué ironía.

Of course que Lulú se siente responsable. Y yo eso lo entiendo. El error de un hijo es responsabilidad de una madre. Lulú les dijo que pueden vivir con ella hasta que se paren en sus dos pies, pero Adonis, because he is so especial, dijo que él nunca regresará a Washington Heights. Never. ¡Pss! Please.

Yo no opino. Le agarro la mano a Lulú y la dejo desahogarse en mi cocina. Lulú no puede llorar, pero, like I told you, habla y bebe vino para no ahogarse.

Pero el punto es que esta semana Adonis dejó a los niños con Lulú por un tro de días. Le dijo a Lulú que él no podía buscar trabajo si tenía que cuidar a los muchachos. Y Patricia tiene que trabajar everyday. Incluso los sábados. Antes, Lulú iba a su apartamento por un par de horas para quedarse con los babies. Por un par de horas, easy. Pero ahora que se quedan con ella, está destruida. Patricia tiene una larga lista de reglas que Lulú debe seguir, punto final.

No bobo.

Cero leche antes de dormir. Ni leche ni agua, ni siquiera agua fuera del horario.

¡No decirle que no a los muchachitos!

Lulú no puede decirle que no a los niños, never. Ni poner cara de que está brava cuando el niño de tres años hace dibujos en la pared. Patricia y Adonis son peores que Ángela, que tratan de controlarlo todo, every-thing. Ni siquiera Ángela tiene un reguero de reglas así. Jesú.

Cero pela.

No dormir boca abajo.

Nada de salsa ni merengue ni bachata. Cero radio. Punto final.

Only música clásica. Patricia le dio unos CDs a Lulú dizque para estimular el cerebro de los babies. Y solo frutas orgánicas (unless que tengan la cáscara gruesa, como un aguacate o una piña o una toronja). Y tú sabes que es imposible encontrar vainas orgánicas en Washington Heights. Is expensive. Pero incluso en esta crisis, ella prácticamente le ordenó a Lulú que solo organic food.

Cero televisión. Never. Adonis tapó la televisión del apartamento de Lulú con una sábana. Muérete. I mean, es verdad que el niño de año y medio is very smart y sabe hablar haciendo señas con las manos. Dice cuando quiere agua o su leche, si algo está bueno y si quiere más. More, sí, yo me aprendí esa. You know it? More. Ay, sí.

Bueno, que Lulú no se queja de los niños ni de Patricia directamente. Patricia está trabajando seis días en la oficina del abogado para que Adonis y los niños tengan algo que comer. Ella es la única making money. Y Lulú crio a Adonis para que fuera demasiado nariz pará; nunca sería como ese abogado que se metió a trabajar en Wendy's. Pero eso es exactamente lo que Adonis debería hacer. Pero yo no opino. No, señor, yo no.

El punto es que leí esta aplicación para comenzar el day care y yo sé que yo puedo levantar y cargar a los muchachitos. Yo puedo preparar comida. Yo puedo mantener la casa limpia para que ellos duerman, jueguen y coman. Ya tú sabes que soy buenísima para las emergencies. Es más, yo hasta puedo aprender a manejar, pero yo no creo que eso sea necesario en Nueva York. Y yo no sé qué es eso de trabajo de escritorio, but OK. Estoy segura que puedo meterle mano. You know, ombe? Hacerlo. Do it. I do it. Pero el Plan de manejo de comportamiento ese, no. Eso no. No con niños que no sean de mi sangre. No way, my friend.

Let me explain to you. Yo soy muy buena con los niños chiquitos. Cuando nació Yadirisela, Ángela no estaba lista para tener muchachos. Pero Hernán quería hijos. Muchos babies. Si hubiera sido por él, tendrían un equipo de pelota. Él le lleva diez años a Ángela y estaba listo para formar una familia. Ella quería estudiar y ser profesional. Quería hacer dinero para comprar su casa. No quería ir pa'trá como el cangrejo igualito que muchas mujeres casadas. Ella quería progresar. Decía que unos científicos tenían pruebas de que la gente que se benefician del matrimonio son los hombres. La esposa se muere temprano y se enferma, decía. El marido, todo lo contrario.

Si no fuera porque Hernán es tan bueno y persistente, Ángela no se hubiera casao, no. Qué va. Es como si él le hubiera dicho a Ángela, déjame ser your wife.

So of course, aunque él sudaba y suda la gota gorda trabajando en el hospital, cuando Yadirisela nació, Hernán le daba de comer, le cambiaba el pámper y la dormía casi everyday. Lo hacía incluso cuando Ángela se tomó unos meses de leave en el trabajo para dizque cuidar a la baby. Y Ángela sabe cocinar, pero decía, Ay, Hernán, a mí me gusta más como tú lo haces. Entonces le manoseaba la oreja y le sobaba la espalada y, igualito que Fidel, el perro de la Vieja Caridad, se daba la vuelta, enseñaba la barriga, y ya, cayó.

Pero Yadirisela no era fácil, no. Y Hernán era bueno, pero no una madre. Yadiriselita lloraba y lloraba y lloraba. Todos los días de 4:00 a 6:00 p.m. Yadirisela cried. Y una buena hora también, porque era exactamente cuando yo terminaba de trabajar en la factoría. La van me dejaba frente al building a las 3:50 p.m. Tenía diez minutos pa cambiarme de ropa y, como un reloj, Yadirisela lloraba, ¡pero lloraba!

Ella nació poco después de que Fernando se fuera. So, cuando ella lloraba, sentía el llanto aquí, adentro de mí. Entonces yo cargaba a Yadirisela como cargaba a Fernando. El llanto era demasiado para Ángela. En el momento en que yo llegaba, Ángela me entregaba a la baby y se iba a dormir pa la habitación. Si hubiera sido su decisión, se hubiera devuelto juyendo a trabajar a su oficina, pero Hernán no quería que la baby estuviera todo el día con gente extraña. No estando tan chiquitica. ¿Por la noche? Ángela quería seguir yendo a la escuela.

So, para Hernán, is good que yo estuviera en el building para ayudarlos. Es bueno que vivamos como si tuviéramos una casa, en dos apartamentos diferentes. Cuando yo me quedaba con Yadirisela, ponía los documentales que dan en el Channel de Public TV, you know? Esos, porque son relaxing. Yo aprendí mucho con eso. Uno era sobre unos babies en Brasil que sus mamás los habían abandonado. ¿Tú lo has visto? ¿No? Ah. Para que el baby se calmara, las mujeres se quitaban la blusa y acercaban al bebé para que les tocara la piel. So, cuando Yadirisela lloraba, yo la encueraba y me la metía en la blusa. Eso hacía que dejara de llorar every time. Por eso Hernán es débil conmigo. Because, for many many months, yo le llevaba el silencio a su casa. Yo también necesitaba ese silence too.

El método de piel a piel funcionó.

Anótalo, apúntalo ahí: Cara Romero is good with de babies.

Hasta con bebés difíciles como Yadirisela. Mira muchacha, le controlé tan bien su comportamiento que ahora, cuando termina de comer, friega el plato. Esa niña es tan inteligente que la teacher la pasó de quinto curso a sexto a mitad de año. Y todas esas cosas buenas yo las hice sin los libros de Ángela.

Yes, Ángela tiene una montaña de libros de la library.

Dizque para ser mejor madre, pero lo que ella quiere decir es mejor madre que yo. Ella cree que le doy pelas a sus hijos. Pero nunca le doy pelas a sus muchachos, no, jamás. Solo pao-pao en la mano cuando no hacen caso. Y a veces una nalgaíta en la pierna con la mano. Nunca una pela.

Cuando Fernando se fue y no volvió, Ángela se asustó porque pensaba que maybe sus hijos también la iban a abandonar. Dijo: No podemos cometer el mismo error que mamá. Pero no somos como mamá (que era fríííía; un témpano). Esa mujer nunca nos dio un abrazo ni nos dijo que nos quería. Nosotras le decimos a nuestros hijos que los amamos y los abrazamos all the time.

Es decir, you have to understand: Ángela, aunque quisiera, no podía conseguir a una babysitter porque eso es demasiado cuarto. So, tratamos de resolver. Desde que me quedé sin el trabajo en la factoría, tengo más responsabilidades con los niños. Yo ayudo cocinándoles, recojo a Yadirisela de la parada de guagua y busco a Milagros del day care. Antes de quedarme sin trabajo, tenían que pagarle diez dólares la hora a la vecina para que hiciera muchas de estas cosas. Pero la vecina no le hacía cena a los niños ni le lavaba su ropa ni limpiaba el apartamento.

Do they pay me money now? No. Me dan un dinerito pa hacer la compra y pagar unas cuantas cosas. Is OK, because we are family and I love the children.

Lo que estoy tratando de decirte es que los muchachos americanos se traumatizan más fácil que los de allá.

Ah, OK. Yes. Yo te voy a contar lo que pasó para que tú entiendas. You know que Lulú tiene que cuidar a sus nietos, y para mí es fácil cuidar babies y cocinar pa to el mundo, pero para Lulú is not so easy. So, I have to help, yo tengo que ayudarla. Cuidar a esos muchachos ha destrozado a Lulú. ¡Destruida! So, la invité a mi apartamento pa que viniera con los babies. En is good porque Ángela quiere que Milagros juegue con otros niños, como los nietos de Lulú. Son muy inteligentes porque son de Brooklyn. Y Ángela love Brooklyn. Ella dice que los playdate ayudan a desarrollar la inteligencia emocional. Ajá. So, Lulú y yo juntamos a los niños y los vemos volverse más inteligentes mientras bebemos vino.

Pero ese Julio, que tiene cinco añitos nada más, no puede jugar con babies. Es un huracán porque, cuando le jala los cabellos a Yadirisela, Ángela no le da un chancletazo. Ella respira hondo, le toca los hombros, lo mira a los ojos y le dice: Julio, is not nice halarle el pelo a tu hermana.

¡Pero claro que Julio sabe que no es nice! Por eso lo hace, caramba. Julio no nació nice. A él le gusta morder. Le gusta darle a la gente. Nació creando problemas. Algunos niños tienen ese carácter. Nacen así. Punto final.

Pero Ángela hace lo que dice el Plan de manejo de comportamiento en esta aplicación. Ella lo redirige:

Julio, vamos a escoger otra forma de llamar la atención de tu hermana. Julio, no le peguemos a tu hermana. Julio, we are all friends. ¿Y tú sabes lo que pasa después? ¡Julio le jala los cabellos todavía más duro a Yadirisela!

Y entonces (¡el colmo!), Ángela intenta dizque stay calm y dice, Julio, si no le pides perdón a tu hermana, te voy a dar un time-out.

¡Un time-out!

En you know what happen? Julio no dice sorry. Entonces, Ángela lo sienta en una silla en otro cuarto y le dice, Julio, no te puedes levantar hasta que entiendas lo que hiciste mal.

¡Pss!

Habla con Julio como si tuviera la capacidad de controlarse. Ese culocagao no puede controlar ni su propia mierda todavía. Mi hijo, Fernando, nunca se atrevió a hacerse pipí en la cama como lo hace Julio. ¡A los cinco años, Julio se mea en la cama every night! Mira, yo le hubiera exorcizao esa mala costumbre de una nalgá. Una sola nalgada, ni siquiera tan duro, que ni se acuerde de ella cuando sea grande. Lo suficiente para que aprenda a respetar y no se mee en la cama. Si Ángela me dejara disciplinar a Julio, fuera a good boy y hiciera lo que le decimos, como Yadirisela.

So yes, la semana pasada pensé, *Maybe ya tengo un day care, solo que no me pagan. Así que tener un day care en mi apartamento sería un buen trabajo para mí.* Pero Julio puso a prueba mi paciencia.

No, nothing. Listen to me, everything was OK. Los babies se estaban poniendo más inteligentes together, Yadirisela estaba haciendo su tarea en el mueble y Julio estaba jugando con sus muñecos de superhéroes. Entonces, yo puse la cena en la mesa, espagueti con salsa de tomate. Fui a la cocina por un minuto, un minutico, y Julio, no sé por qué, cogió el plato de espagueti y se lo tiró encima de los babies.

Lulú pegó un grito. Los babies se fajaron a llorar. Y Yadirisela por otro lado gritando: ¡Tía! ¡Tía!

Salí juyendo de la cocina y tú no me lo vas a creer, salsa de espagueti por todos lados: en la camisa de Lulú, en las manos de Julio y los babies bañao.

De una vez los revisamos. They were OK, porque siempre enjuago los espaguetis con agua fría, so nunca están muy calientes. Y la salsa estaba tibia. Gracias a Dios. ¿Tú te imaginas? Y Lulú tiró un: ¡Ay, mi blusa!

¡Julio!, lo llamé. Y se puso a correr por el apartamento, riéndose.

Please, Julio, le dije, y lo agarré por la barriga. Pataleó y pateó y se escapó. Aquí es donde soy diferente de mi mamá. Me acordé de las instrucciones de Ángela. I breath. Respiré. Y practiqué el manejo de comportamiento.

Please, Julio, dije. Cálmate. Stop, Julio, o te voy a dar un time-out.

Me miró y se rio. ¡Se rio en mi propia cara! ¡Malcriao, coño!

Así que lo agarré, lo levanté y lo sacudí como a una maraca. Le apreté los brazos bien duro. Y le grité, ¡Coño, maldito muchacho, ¿tú quieres un chancletazo, eh?! So, Julio se rajó a llorar, histérico.

Ahí mismito, llegó Ángela. She saw everything. ¡Mami! ¡Mami!, Julio gritando.

La mujer entró corriendo y me quitó a Julio.

Fue todo un drama, como si lo estuviera salvando de un monstruo. Pero eran solo palabras. Yo nunca le haría daño a Julio. Ángela nunca me lo perdonaría. So, never.

Julio se le colgó a Ángela del cuello y lloró como un baby.

What's wrong with you?, me gritó.

¿Yo?

Entonces miró a Julio y le dijo: Mi amor, yo sé que tía a veces da miedo. Is OK, Mami is here. Yadirisela, trae a Milagros. Nos vamos de aquí, dijo Ángela.

Miró y voceao, pero voceao me dijo: ¡Eres igualita a mamá! ¡No, tú eres peor! Nunca vas a volver a cuidar a mis hijos. ¡Nunca! Y estralló la puerta.

Yes, thank you, I need más agua. Está muy reseco aquí. Claro que estoy incómoda. Cada vez que oigo que alguien estralla una puerta es como si volviera a 1998, cuando Fernando se fue y nunca más volvió. El corazón me late rápido, me duele el pecho y tengo que sentarme porque se me baja la azúcar.

In de past, cuando me sentía así, pensaba que me estaba muriendo. Pero Lulú me enseñó un truco para calmarme. You know that one? Tú dices tres cosas que ves, tres cosas que escuchas y después mueves tres partes del cuerpo. Por ejemplo:

Ventana, mesa y matica. Nevera, reloj y ambulancia. Dedos de las manos, de los pies y quijá.

Anyways, como quiera trato de no pensar en el pasado, porque what can we do about it?

Todos cometemos errores, pero Ángela no está siendo justa conmigo.

Ángela is angry all de time for something. Como que quiere que yo me desaparezca. Y mamá, papá, Rafa, Hato Mayor, todos borrados, *puf*. Si Hernán no tuviera el trabajo en el hospital, ella se hubiera mudao lejos, a Boston, Tampa, Yonkers, cualquier lugar menos Washington Heights. She hates everything del barrio. Lo escupe y dice que está tan sucio, que hacemos tanto ruido, que tan lleno de gente, tan apestoso. Every day she complaint. Pronto, nos va a dejar y se va a mudar para Long Island.

Yo no le importo. Hizo todos sus planes y nunca me preguntó if I was OK. Yo no tengo carro. ¿Cómo yo voy a ver a los niños? I swear, maybe lo que yo tengo que hacer es complacerla y desaparecer para siempre. Maybe así ella me apreciaría.

Pero claro que duele. Después de todo lo que yo he hecho por ella y sus hijos, me trata así. Después de todo lo que he sufrido en la vida . . .

¡Ay, qué estarás tú pensando de mí!

You are so young, tan jovencita. ¿Cuántos diplomas es que tú tienes? Tu mamá debe estar muy orgullosa de ti. Look at you, con un buen trabajo como este. Segurito que tienes good benefits. Y una buena pensión. Ya tú estás hecha.

Ángela también. Tiene una cuenta de retiro. Tiene a Hernán. Ya va a tener su casa. ¿Pero yo? ¿Qué tengo yo?

I'm so sorry. You are so nice with me. Es que to el mundo pide por su boca: Cara, cocíname esto. Cara, limpia aquello. Cara, recoge a los niños. Cara, hazme este mandado. Cara. Cara. Cara. ¿Pero quién me atiende a mí? Ni an mi mamá, ni my own mother, me cuidó a mí. Si la gente supiera . . .

You want to know? ¿De verdad tú quieres saber? OK, te lo voy a contar.

Después de que Ricardo le cortó la pierna a Cristian, me fui juyendo para la casa de mi mamá a media noche, dos kilómetros con un bebé y una funda. Me estaba muriendo del miedo. Traté de abrir el portón, pero estaba cerrado con llave. Y vocié y vocié para que abrieran.

Fernando pesaba. El calor era como un horno. Los mosquitos me estaban comiendo viva. Ángela, que tenía trece años, acechó por la ventana, pero no pudo hacer nada. Entonces, mamá abrió la puerta y salió.

¿Qué tú hiciste?, preguntó.

Mamá, abra la puerta.

Vete pa tu casa.

Mamá, por favor, le rogué.

Vete para tu casa con tu marío. Ese hombre e bueno, dijo.

Mamá, no puedo volver con él. Me va a matar.

Tal vez tú te lo bucate, dijo, y volvió a entrar. Quitó a Ángela de la ventana.

Mamá me dejó dormir afuera en una silla, como una vagabunda. ¿Tú sabes lo que se siente tener una mamá que te mande de regreso a vivir con ese salvaje? ¿Lo larga que fue esa noche para mí? ¿A lo oscuro, sola, con Fernando en el pecho?

After many many hours, Ángela abrió el portón. Fuimos al cuarto, very silence, y nos acostamos.

Al otro día, mamá nos encontró a mí y a Fernando en la cama de Ángela. Jaló a Ángela por el brazo y la tiró a la cama. ¡Coñazo! ¡Hija de la gran puta! Tú a mí no me respetas, ¿eh?

Ángela salió corriendo para la sala. Pero mamá la agarró de los cabellos y Ángela siguió tratando de zafársele. La arrinconó en la esquina de la silla y con la correa de papá le dio una pela que casi la mata. Ángela no lloró, no; no she didn't cry one tear, contuvo las lágrimas. Of course que eso lo que hizo fue que mamá cogiera más pique. Yo, yo estaba paralizada, con Fernando cargado. Yo quería lanzármele y arrancarle a Ángela que tenía trece añitos . . . casi de la misma edad que Yadirisela. Una niña. Una baby. Pero no podía moverme. Mi papá oyó los gritos desde el otro lado de la casa y jaló a mamá para que parara. Mamá me dio el frente: Esto es culpa tuya.

¿Ves cómo he sufrido? And yes, Ángela suffered too. Pero no quería que eso sucediera. Yo también estaba sufriendo. Yo no sabía si Cristian estaba vivo o muerto. Solo sabía que Ricardo era demasiado macho para perdonar. Si no hubiera sido porque papá convenció a mamá de que me dejara quedar, yo estaría muerta. Júralo.

Yes, of course que estoy agradecida de que mi hermana haya tenido el valor de abrir la puerta, ¡por supuesto que sí! Tú no tienes ni que preguntármelo. Y le prometí a Ángela many times (many, many, many times, cuando se estaba sanando de la pela que le dio mamá) que la iba a ayudar a venir a Nueva York. Y cumplí mi promesa. Pero, aun así, Ángela is very angry with me.

You have to believe me, pero es que tú tienes que creerme. Yo no me parezco a mí mamá en nada.

Yo no me acuerdo que tuviéramos tiempo para jugar ni comer juntas cuando vivíamos en Hato Mayor. Pero aquí en Nueva York, cuando Fernando todavía vivía conmigo, comíamos todos juntos como una familia. Veíamos la televisión en la cocina y nos reíamos casi every night. Cuando Ángela o Hernán comían con nosotros, it was good porque así Fernando y Ángela hicieron una conexión fuerte. Cuando hablaban en inglés sobre la televisión o de música, aunque yo no entendiera, me reía cuando se reían. Yo nunca fui cruel como mi mamá. Ni fría con los niños.

OK, sometimes Fernando y yo peleábamos, pero eran peleas chiquitas, cositas. Como cuando no lo dejé cerrar la puerta de su cuarto. Él quería privacy. Se lo dije, Yo pago la renta, yo pongo las reglas. La puerta se queda abierta, O-PEN. Anyways, ¿qué secretos podía él tener para mí? Se pasaba el día en su habitación, oyendo música. Yo lo dejaba tranquilo. No problem. Lo único que le pedía era que limpiara el baño, sacara la basura, fregara y sacara buena nota en la escuela.

Ay, wait, si tú me permites, necesito un chin más de agua. Thank you.

Look, cometí unos cuantos errores. Pero el día que se fue fue un accidente.

Yes, an accident. Fue un domingo. Yo estaba planchando la ropa. Era el único día que tenía para hacer todos los oficios. Fernando tenía dieciocho años. Se había graduado de high school y quería salir con unos amigos. Y, like I told you, las calles estaban muy pero muy peligrosas, y él estaba vestido raro. ¿Cómo? You know what I mean. Oh, oh, tú tienes que saber. Los pantalones demasiao apretao. Se le pintaba to. Me refiero a to-do. You understand?

Cámbiate ese pantalón, le dije.

Yo tenía una pila de ropa de este alto. Tenía que planchar. Tenía migraña. Esos días me daban muchas migrañas. El dolor en este ojo derecho, como un cuchillo.

They are fine, mami, dijo, y fue a abrir la puerta.

La gente va a pensar lo que no e, dije.

C'mon, mami, ya voy tarde.

¿Tú quieres que el building entero empiece a hablar de ti? ¿Tú sabes cómo eso me hace ver a mí?

¿Cómo te hace ver *a ti*?

Sí, eso mismo. Tú sabes cómo me hace ver a mí.

Oh, my fucking God, dijo, y caminó por la sala como un toro atrapado en un ruedo. Se le anchó la nariz, los pies pisoteando el suelo. Pero yo no podía dejarlo salir así.

¡Coñazo!, le dije. Listen to me o . . .

Or what?, gritó. Nunca, nunca me había hablado así. Su voz así fuerte, profunda; los brazos se estiraron así y comenzó a darle trompones a nadie. Y ahí, ahí mismito vi a Ricardo. En su cara. La misma cara, las mismas manos. Todas las veces que Ricardo me alzó la voz y me agarró por el pescuezo y me levantó en el aire.

Look, un día tú eres grande y el baby is little, y al otro día el baby es grande, mucho más grande que tú, mucho más fuerte.

¡Fernando! Te lo voy a decir una sola vez más: No-me-vas-a-salir-de-la-casa-así.

¿En you know qué hizo? Yo tengo la plancha agarrada y le digo, Don't open de door, Fernando. Pero la abrió. Como que yo era invisible. Una cualquiera.

So, I threw it, le tiré la plancha a la puerta pa que no saliera.

La plancha le dio en un lado de la cara. Él se cayó al suelo y tiró un grito, pero un grito. Yo estoy segura que everybody en el building lo oyó.

¿Pero para qué se metió en el medio?

Of course que fui a ver cómo estaba, a atenderlo.

You're fucking crazy!, me gritó.

Yo me reí, de alivio. Yes, me reí. Pude haberlo matado, pero, thank God, no. He was OK. Entonces, vi que le bajaba sangre por un lado de la cara, pero se movía como que iba pa'l baño.

Ay, Dios mío. Déjame ver, let me see.

Get away from me!, gritó.

Corrí a buscar unas servilletas con un chin de hielo.

Ay, no seas dramático, dije. No se ve tan mal. Pero me empujó, se paró del suelo y fue al baño.

Dime que you OK, le pedí de la puerta del baño, el hielo quemándome las manos.

Leave me alone.

Esperé afuera del baño for a long time. El hielo se derritió y ya no podía sentirme las manos. Fue un accidente, dije más de una vez, Fue un accidente. Yo nunca quiero hacerte daño, Fernando, pero él no dijo nada.

Cuando finally salió y caminó hacia su habitación, le vi la cortada en la cara: it was bad, pero no tanto. He was lucky, sí, tuvo mucha suerte.

Después, cuando yo creía que él estaba durmiendo, oí que la puerta se cerraba. *¡Pra!* La puerta se cerró fuerte y definitivamente. Pensé que se había ido por un par de horas. But never came back.

¿Y por qué tú me miras así? Please, don't look at me like that. I love my son so much. ¿Dónde está el agua?

EDIFICIO GENTRIFICADO CON CONTROL DE ALQUILER, INC.

FACTURA #453074

Little Dominican Republic

Nueva York, NY 10032

Para: Cara Romero

FACTURA

RENTA MENSUAL (ABRIL 2009)	$888.00
BALANCE	$2,356.00
PAGO RECIBIDO (05/FEB/09)	-$193.00
CARGO POR PAGO TARDÍO	$40.00
Saldo restante	$3,091.00

El alquiler vence el día 1 de cada mes. Pague a tiempo para evitar cargos por pagos tardíos.

NOVENA SESIÓN

Ay, I'm sorry. Please forgive me. No pegué un ojo la semana entera.

Why? Porque every week más problemas. Ángela todavía no me quiere hablar. Ella es aries. A las aries le toma mucho tiempo perdonar. Sí, yo traté de buscarle el laíto, de hablar con ella por teléfono, yes. Fui a su apartamento y toqué la puerta, pero ella se negó a hablar.

Sí, yo le pedí disculpas. Traté de hacer las paces con ella, ay, que si lo intenté.

¡Hasta le hice pastelitos con pasas! Y mira que yo odio las pasas. Pero, por ella, le puse pasas. ¿Y tú sabes lo que hizo? ¡Los dejó en una funda, guindando en la puerta de mi casa! Thank God por Hernán, que entiende que todo el mundo pasa por un mal momento. Todo el mundo comete un error. Ángela actúa como si yo no hubiera criado a esos niños también. Pero Hernán sabe lo que he hecho por esos muchachos y aunque Ángela esté guapa, él no se olvida de mí.

You know what he did? Fue a mi casa y me dijo, Cámbiate.

Aprende esto de mí, learn this: Sometimes, cuando tienes el ánimo por el suelo, tienes que tener gente como Hernán para recordarte las cosas que son important in life. A veces necesitamos ayuda pa no ahogarnos en un vaso de agua.

Yes, I know, yo tengo real problems. Pero es bueno tener gente que nos recuerde que hemos sobrevivido mucho más que esto.

So, yo me cambié y Hernán me llevó a City Island. Yes, no estaba tan frío para uno sentarse afuera. Me quité los zapatos y metí los pies en el agua. Era puro hielo, eso sí. Pero yo necesitaba algo. ¿Tú has sentido eso? ¿Cuándo necesitas que algo te despierte? Wake up! *Jum.* Y vimos cuando el cielo se puso como mamey, y comimos un montón —una caja de este tamaño— de camarones fritos con cerveza vestía de novia. Ay, mija, fría, bien fría, no con escarchita como en Santo Domingo, pero bien fría.

Sometimes la vida se siente chiquitica y sometimes se siente bien buena. Y yo creo que, cuando se siente chiquita, es porque yo no me permito, you know, disfrutar de la vida. I don't enjoy life.

Me recordó cuando yo iba a la Escuelita y la profesora abrió la lata de galletas.

Pruebe una, me dijo.

Lulú cogió muchísimas. Pero yo estaba chiva. You know? Sospechosa: nadie regala galletas gratis a cambio de nada. Pero la profesora insistió, Cara, pruebe las galletas, ande.

Me comí una.

Oh my God, ¡qué galleticas! ¿Y por qué son tan buenas?

What I am trying to tell you es que la semana pasada yo hablé demasiado, pero necesito que tú entiendas que yo no soy una mala persona.

Yes, pasaron bad things. But, listen to me, oye, la vida era muy difícil en Hato Mayor. Yes, mamá y papá son personas complicadas, very, pero trabajaron mucho y duro para mantenernos. Éramos pobres, pero nunca pasamos hambre. Y papá hasta tenía un buen plan para mí: yo iba a vivir con mi tía en la capital y entonces iba a estudiar en la universidad para ser profesional. Él quería que todos sus hijos tuvieran la capacidad de expresarse. Él no hablaba mucho, pero los domingos venía gente de todos lados a dictarle tonterías a papá para que él le escribiera cartas.

Me dijo: Un talento con las palabras es mejor que unos cuantos dólares en el bolsillo.

Pero no fui a la capital a estudiar. Me fui con Ricardo.

A Ricardo le encantaban mis cuentos, me decía que yo era su cotorrita.

Nos enamoramos de una vez, pero fast, rápido. En esos tiempos, many men fueron a mi casa atrás de mí. Pero Ricardo tenía los bolsillos llenos de tesoros. Un día me regaló un brazalete de oro, finito como un hilo, so shiny. Al otro año, salí preñá. Y of course que mi mamá lo obligó a que se casara conmigo con papeles. Dijo que mi bebé no iba a nacer sin papá.

Al principio, Ricardo no era malo. Like I told you, era mejor que vivir con mamá, porque esa mujer tenía un temperamento del mismo demonio. Ricardo had a good job, su propio quiosquito de carnicería en el mercado, y la gente llegaba from everywhere a buscar su carne. También tenía una tierrita y criaba sus animales. ¿Qué sabía yo de hombres? Yo tenía diecinueve años.

Él era tierno, sweet, when I was embarrassed. Yes, embarrassed, preñá, you know, con un baby en la barriga. Ah, pregnant? Ya. Sorry, en ese momento pregnant y ahora embarrassed, *ja*; ay, Dios mío, ¡qué cosa este inglés! OK, I was preg-nant. Y él era bien sweet conmigo. So eso me hizo pensar que él really love me. No había antojo que ese hombre no me complaciera. Me masajeaba los pies por la noche como una masa de pan. Las mujeres del barrio decían que yo lo había amarrao con mis ojos marrones y mi nalgota. Y, por un tiempo, comíamos carne casi todos los días. ¿Quién puede decir eso en Hato Mayor? Who? Nobody! Y no como la carne de aquí, que está más muerta que muerta. La carne estaba fresquecita y como nada que tú te hayas puesto en la boca. De verdá.

What? No, ese no era Fernando. Ese baby nunca llegó.

Lo intentamos de nuevo y perdí otro bebé. Y yo sé que eso frustró a Ricardo. Si yo hubiera sido un animal de su finca, me hubiera matado, me hubiera matao y cocinao pa la cena. Ya yo no era su cotorrita. For a long time, no me miró. Mi mamá me hizo unas botellas, you know, con hierbas y cosas naturales pa la fertilidad. Dijo que Ricardo me iba a dejar por otra mujer si yo no le daba un hijo. Pero, entre tú y yo, yo quería que me dejara. Vivir con Ricardo no era fácil.

So, of course, mamá todavía jura que su botella fue lo que hizo el milagro. Yes, quedé embarazada, preg-nant, de Fernando a los veintiséis años. Para Hato Mayor, yo estaba viejísima.

¡Aquí, en Nueva York, las mujeres tienen hijos a los cuarenta, even a fifty years old! Y el dulce Ricardo que conocía apareció de nuevo. So, yo actuaba como la esposa y le permití a él ser el hombre. One of my talents is to make people happy. Y cuando las cosas iban bien, yo sabía exactamente cómo hacerlo feliz. Así mismito es. Exactly what your thinking. Yes, we did it en toditos los rincones de la casa. Siempre me lo estaba clavando ese hombre. Yo estaba fregando, ahí iba con su mano e pilón. Yo estaba a punto de acostarme, me lo metía. Y no era una manita de pilón, era casi un bate. *Jum.* Y cuando usaba la voz de padre conmigo, ¡ay, mamá, llamen a los bomberos! ¡Aquí hay fuego! Ay, Dios.

Pero todo cambió cuando nació Fernando, que se adelantó y nació rápido. Yo sabía que Fernando venía porque me pateaba y pateaba en la barriga como si alguien tuviera tocando la puerta. Yo preparé everything: las toallas limpias, el jabón y los cinco galones de agua, purificada. Y la noche que vino Fernando todo me cayó encima de un fuetazo. *¡Pra!* Los calambres, el dolor de espalda, la barriga se me bajó a los muslos. Pero yo pensé que tenía más tiempo porque no había roto fuente, you know, fountain. So, no desperté a Ricardo. Estar sola era más fácil. Me gustaba el silencio de la noche.

Me puse a caminar en nuestra casita, que tenía dos habitaciones. Yo la tenía very nice, bien bonita: una pared era amarilla y la otra rosada. Y Ricardo pintó el piso de cemento del color de la hierba. Porque, ¿verdad que el verde make you happy too? Yes. Is my favorite color.

Yo estaba cansada, pero no tenía tanto, tanto dolor. So me

volví a acostar en la cama. Y Ricardo respiraba más alto que ese tren que pasaba todos los días cerca de la casa cuando yo era chiquita. Yo hasta me dormí. Y entonces, ¿tú ves cómo Fernando estralló la puerta y nunca regresó? ¿Cómo se fue sin avisarme? ¿Sin darme tiempo a pararlo o a meterle juicio en la cabeza? Just like that! Así mismito fue como Fernando vino al mundo. *¡Pra!* Me despertó con un solo dolor. El dolor más intenso cada minuto, every minute. So, le di una patá a Ricardo. Wake up!, le dije, pero en español, tú sabes, ¡Despiértate! Busca a la Vieja Que Sabe.

La Vieja Que Sabe bring many babies to this world. Nunca se le ha muerto una madre. You know how many mothers and babies don't live? Con el cordón umbilical envolvío en el cuello. Que nacen con los pies primero. O porque la mamá tiene una infección. ¡Ay, Jesú! So many things can go wrong. Pero no con la Vieja Que Sabe. No, señor. Ella me hizo todos mis exámenes y sabía más que esas máquinas fancy de los hospitales de aquí.

Me miró de arriba abajo y después me vio la barriga y, porque estaba redonda y alta, ella sabía: ¡Es varón! Me enseñó hasta dónde estaba la nalguita y los pies de Fernando.

Come más pollo y pescado, me dijo. Si no, va a salir demasiado chiquito.

Eso hice.

Stop de chicharrones, dijo. Si no, el bebé te va a desgarrar.

Eso hice.

Ella hasta me enseñó a tener el baby sola, por si acaso.

¡Ay, qué dolor! Yo parecía una vaca haciendo ruido cuando está sufriendo, bajito y profundo. Sentía las vibraciones de mi voz aquí, en el pecho. Pero Ricardo no se despertó. Lo desarropé. Olía a romo y cerveza.

Le di una patá en la espalda con el talón. Nothing.

El sol ya estaba entrando por las persianas.

Le di otra patá, un chin más duro y él se cayó en el cemento frío.

¡Coño!, gritó, ready pa pelear conmigo. Entonces entendió lo que estaba pasando.

¡Vete, vete!, grité. Dile a la Vieja Que Sabe que se dé pronto.

Ricardo estaba temblando como una hoja.

Me paré de la cama y pegué la espalda en la pared. Dolía. Ay, Dios mío, cuánto dolió. Había visto a muchas mujeres, many many women tener babies. Pero tuvieron tiempo para descansar. Yo no. Mi hijo no esperó a la Vieja Que Sabe. Ricardo se estaba poniendo los zapatos cuando lo sentí: la cabeza de Fernando aquí, aquí mismito. You see where the bones are, ¿entre las piernas? Imagínate tener una criatura estoquiá ahí.

Me sentí como un animal. Me aplasté con las piernas abiertas como cagando.

¡Ayúdame!, le grité.

Yo vuelvo ahora, dijo Ricardo.

¡No! Ya no te puedes ir. Trae las toallas. Trae el agua. ¡Apúrate!

Puso las toallas al lado de mí y se quedó ahí, paralizao, como un quicio.

So, ¿quién tuvo que aparar a Fernando sola? Eta que ta'quí. Y esto te dice mucho de mí porque many people se manían y no saben what to do en un momento como ese, pero yo, me acordé punto por punto.

Anótalo ahí, write it down: Cara Romero is good bajo estrés. Cuando sentí la cabeza, supe cómo pujar pa que saliera: Paciencia. No pujes muy duro. Dale tiempo al cuerpo para que haga el trabajo. Puja cuando sientas las ganas. Primero la cabeza. Luego los hombros.

Y just like that, Fernando salió de mí como cuando tengo las manos mojadas y agarro un jabón. Le limpié la nariz, la boca y los ojos. Y cuando lo oí llorar. ¡Ay, santo! Nothing more amazing que ese primer grito. Y se me pegó a la teta inmediatamente y al poco rato la barriga se me vació, y ahí estaba Ricardo mirando todo lo que se me había salido de adentro desparramao en el piso.

Every-thing.

Y mi hijo, una belleza. Un morenito con la cabeza llena de pelos. Con todos los dedos en las manos y en los pies.

¡Vete!, le dije. ¡Ve a buscarla ahora!

Y lo hizo. En that was good porque yo quería estar sola con Fernando. Ricardo no servía pa na. Eso quedó claro.

Después de que Fernando nació, viví con Ricardo dos años más. You know, yo creía que él iba a ser feliz, porque finalmente tenía un hijo. Pero no ombe, se puso muy difícil conmigo. Si el sancocho estaba muy salado, me acusaba de que yo estaba dizque distraída. Se encojonaba conmigo hasta cuando las gallinas no ponían huevo. Se puso más celoso. Se inventó un montón de excusas pa que yo no saliera de la casa. Los vecinos le caían mal y se ponía bravo conmigo cuando hablaba con ellos. Dijo que necesitaba mi ayuda en el quiosco, con los animales, con la finca (so yo siempre estaba con él). La comida y la mierda es la vida de un animal. So, comida y mierda era my life con Ricardo.

Ya yo no era su cotorrita. Yo era la madre de su hijo. Punto final.

Con o sin lo que le pasó a Cristian, al final, yo me hubiera ido. There is only so much a woman can take.

No, no volví a Hato Mayor for a long time.

Por muchas razones: Estaba busy. No tenía dinero. Y, of course, Fernando.

Es curioso porque, en esos años, nunca pensé que tenía miedo de volver, pero hablar contigo me hace pensar que estaba tratando de protegerlo.

Mira, la única vez que Fernando volvió a ver a su papá, ya tenía dieciséis años. Habían pasado más de diez años desde que nos fuimos de Hato Mayor.

For many years, Ángela, Rafa y yo mandábamos dinero para ayudar a mamá y papá a arreglar la casa. La idea era que, si visitábamos, pudiéramos estar más cómodos. But nothing worked, never. Ya tú sabes cómo funcionan las cosas allá. Ah, you don't know? ¿Tú nunca has ido a la República Dominicana? Qué interesante. Bueno, let me tell you:

Para flochar el tóilet, tú tienes que cargar un balde de agua del tinaco del patio. Imagínate, yo, con esta nariz tan sensible. Y olvídate de Fernando, demasiado gringo. Yo le decía, Tira el papel de baño en la basura, no en el inodoro. Pero ¿tú crees que él se acordaba? Hacía cacá y la dejaba ahí para que otro resolviera. Era humillante.

It was so hot. Una humedad que ni te imaginas; las sábanas de la cama siempre mojá. Solo teníamos un abaniquito cerca de la ventana. Pero era nice compartir el cuarto con Fernando. En Nueva York él estaba en su room all the time. En Hato Mayor salía afuera y también andaba más cerca de mí.

Fuimos a Hato Mayor porque mamá dijo que estaba enferma. Se quejaba por teléfono de que le dolían las tetas, pero no quería ir al médico.

De la noche a la mañana, dijo. Me vaciaron. Toy tan flaca.

Mamá, hágase un examen de sangre, mamá.

Tengo un cansancio que no se me quita.

¡Por Dios, mamá, haga una cita!

Ay, Cara. Son cosa de viejo. Cuando tú tenga mi edad te va a dar cuenta.

De point is que hice el viaje para ver si se estaba muriendo o no. Perder peso y tener dolor en las tetas no es bueno. Te lo digo porque tú eres joven y las mujeres tienen que tener cuidado con el cáncer. Do you check every year for the cáncer? Yes? Good.

Si mamá no iba a ir al médico a chequearse, yo tenía que ir a ver si le olía el cáncer. You know, el cáncer huele a agua de mar. Cuando yo llegué, mamá no olía a mar. Y no estaba flaca. ¡Claro que me cogió de pendeja!

Eso sí, everybody fue dizque a saludar y a meter la narice en las maletas, a ver si le habíamos llevado algo. Fernando se la pasaba en el patio all the time. Adentro de la casa no había dónde sentarse. La familia siempre queriendo llevárselo a dar una vuelta en el motor al centro y a janguear. Pero él no quería ir. En Nueva York a Fernando la calle no le daba miedo. Me rogaba to el tiempo que lo dejara salir. En Hato Mayor, no sentía curiosidad. Saltaba para atrás cuando oía que un camión hacía ruido. Daba un paso atrás cuando los primos se le acercaban para verle los tenis y los jeans nuevos. Aun así, everything was OK hasta que apareció Ricardo.

Buenos días, dijo Ricardo a través del portón de hierro, con una risita, smiling.

Sentí un peñón dentro del pecho cuando escuché su voz. Una piedra del tamaño de un puño.

Mamá corrió a abrirle la puerta.

You know, tuve que recordarme a mí misma que yo había bregao, I took care of things. Que yo tenía un trabajo. Que yo había criado a mi hijo sola. Que él no tenía poder sobre mí. He wasn't the boss of me.

¿Qué tú haces aquí?, preguntó papá. Entendía que Ricardo no buscaba nada bueno.

Pero ven acá, dijo Ricardo, ¿un papá no puede ver a su hijo?

Mamá señaló la silla de plástico en la que estaba sentado Fernando, la misma en la que yo me senté afuera del portón la noche que dejé a Ricardo.

Ricardo, este es tu hijo, dijo.

¡Oh, oh!, respondió, como si el tiempo no hubiera pasado.

¡Levántese, mijo! Salude a su papá, dijo mamá.

Fernando sabía que nos habíamos ido de Hato Mayor porque yo le tenía miedo a su papá.

Tú oíste a tu abuela, dijo Ricardo.

So, Fernando caminó y se paró alante de mí. Ay, Jesú, estaba tratando de protegerme de ese salvaje.

Dime tú, ¿él hubiera hecho eso si yo hubiera sido una mala madre? No. Jamás.

Papá se paró cerca de nosotros (dejó el bate arrimao a una mata a su vera).

¿Él no habla español?, dijo Ricardo como un chiste. Yu espiqui inglis only?

Déjalo tranquilo, Ricardo, le dije.

Ricardo fue a abrazarlo, pero Fernando dio un paso atrás.

¿Tú me vas a faltar el respeto a mí, eh?, dijo, y levantó la mano como si fuera a darle.

Yo me le paré alante a Fernando. Ricardo me empujó y me caí. Fernando estaba aterrorizado, se le veía en los ojos.

Ricardo se rio, como si todo hubiera sido un joke, un jueguito inocente.

Qué maricón, dijo.

Ay, Dios mío. Cerré los ojos, con miedo de mirar.

Fernando agarró a Ricardo por el cocote.

¡Nooo!, grité. Fernando parecía más fuerte que su papá, pero él era solo un niño. En un segundo, Ricardo ya tenía a Fernando dominao. Le volé encima a Ricardo. Le di trompones, patadas.

Él se rio.

¡Ya, ya está bueno!, gritó papá, y agarró el bate.

Gracias a Dios que Ricardo respeta a papá.

Fernando empezó a llorar. En Hato Mayor, los hombres no pueden llorar en público. Era como darle la razón a su papá.

Ricardo se rio, se despidió de mamá y papá. Yo vuelvo otro día, amenazó.

Mamá esperó a que papá se fuera para hacer lo suyo: ¡Pendeja! Dejaste a Ricardo. Le robaste a su hijo. ¿Y lo estás criando como un mamagüevo? Y me dio un galletón en la cara. A big *tituá*.

Me dio enfrente de mi hijo, como le dio a Ángela alante de mí.

Todo esto es tu culpa, dijo. Tú y Ángela no salieron a mí. Ustedes son un par de pendejas.

Nunca volví a esa casa.

¿Mamá me llamó después? Jamás. Nosotras sí la llamamos. Y le mandamos dinero.

Yes, of course que tenemos que mandarle, si no la gente van a hablar. You know, to el mundo. Porque ella es mi mamá y no tiene a nadie más que a nosotras.

What I am trying to say is . . . que yo soy una madre diferente. Con Fernando, I tried to find him. Lo busqué y lo busqué. Never give up. Never. Es el trabajo de la madre, no rendirse con los hijos. Mamá ni siquiera trató. Y, con el tiempo, nunca cambió. Yo sí, yo cambié. La gente dice que no es posible cambiar, pero yo cambié. I changed.

¿Que si me arrepiento? What do you mean? ¿Me arrepiento de lo que hice? ¿Por tratar de mantener a Fernando a salvo? No, no me arrepiento. Yo fui una buena madre. Hice todo lo que sabía. Pero . . . pero . . . sí lamento . . . ¿cómo te digo? Yo nunca le pregunté a Fernando de su vida. I don't know why. Maybe era que, en mi interior, yo no quería saber. Of course que le preguntaba si tenía novia y cosas de esas. Siempre le decía que be careful in the streets. Ten cuidado con las muchachitas. Le compré una caja de condones y se la puse en la gaveta de las medias. Yes, ¡en serio! Yo puedo ser moderna too. Pero nunca los usó, so yo pensaba que maybe era lento. Él era tan callado. Yo pensé que era que se parecía a papá, que casi nunca habla. So, yo no preguntaba.

Cuando éramos chiquitas, mamá no me hablaba ni me pedía opiniones. Nunca hizo lo que hace Ángela con los niños, que pregunta, Yadirisela, how did that make you feel? *¡Ja!* A mamá nunca le importó eso. Ella me decía lo que yo tenía que hacer y ya.

Y si yo decía algo, mamá se encabritaba y decía, No sea freca, deja de estar inventando. ¡Y ahora yo veo cómo Ángela le dice a Yadirisela que escriba todas las ideas en un papel! Ángela quiere escuchar todo lo que piensan los niños, everything. *¡Pss!* Things are very different now.

Como dice Mercedes Sosa, Todo cambia.

Todo, excepto mamá, of course.

You know, una vez la profesora de la Escuelita nos pidió que hiciéramos un dibujo de cuando éramos chiquitos. Yo dije, It was very nice. We were happy.

Lulú me miró sorprendida porque me había preguntado many times si yo me acordaba de algún momento en el que mamá hubiera sido buena conmigo y yo le había dicho que no. Lo bueno en Hato Mayor eran las chinolas, el agua de coco, la música que sonaba todo el día en las casas, los chistes alrededor del fogón de piedra mientras cocinábamos batata. ¿Pero algo bueno de mamá? No. No podía ni puedo recordar una sola vez que ella haya sido dulce conmigo. Isn't that weird?

¿Tú sabes de lo que me arrepiento? Yo no defendí a Fernando ese día con mamá. Ricardo era un animal. Pero mamá, de la forma en que nos habló, me da hasta vergüenza repetirlo. Mamá estaba tan brava conmigo dizque por yo haberle faltado el respeto a Ricardo. Nos insultó:

Yo, una malcriada.

Fernando, un mamagüevo.

Me fui con mi hijo a la casa de un primo en San Pedro de Macorís hasta que pudiéramos coger el avión pa Nueva York. Ni adiós dijimos.

¿A mí? No, no me duele. I don't think about the past. El pasado, atrás. Yo sé cómo es mamá. Ella nunca va a cambiar. Punto final.

Por eso me da rabia con Ángela, porque ella siempre quiere recordarme lo que pasó cuando estábamos chiquitas. This happened, that happened, mamá hizo esto, mamá hizo aquello. ¡Ay, ya! ¿Pa qué hablar de eso ahora? No lo podemos cambiar. Suéltalo, ombe.

Pero ella dice: Debemos hablar o nos vamos a enfermar. Embotellar las cosas inside nos enferma. ¿Pero y qué yo voy a hacer? Yo crecí diferente. Si no hablamos de algo, it goes away. Se va.

Yes, se desaparece. ¿Que cómo?

Es verdad. Yo te *estoy* hablando del pasado, now.

Yes, maybe it hurts a little. Coñazo. Pero yo no quiero que duela.

Ay, pero listen. This is what I wanted to tell you today. Look, mira esto. ¡Como si mi vida necesitara más problemas! De management me dio este papel. Read it. Dicen que si no pago la renta que debo, me van a botar del building.

Yo te lo dije a ti, de management has no feelings, ni corazón.

¿Tú tienes otro Kleenex?

Ay, I am sorry. Ya no puedo, no, ya no puedo hablar más. If is OK with you, yo me quiero ir para mi casa.

OK. Thank you.

NOTA DE EVICCIÓN

Treinta (30) días

Fecha: Año 2009

Para: Cara Romero (Inquilina)

Local: EDIFICIO GENTRIFICADO CON CONTROL DE ALQUILER, INC.

The Management Que No Tiene Sentimientos,
en nombre del Propietario
[es decir, el Landlord, es decir el Señor de la Tierra]
Little Dominican Republic, NYC

Por favor sepa que: El Propietario [es decir, el Landlord, es decir el Señor de la Tierra] por la presente elige rescindir el contrato de alquiler de su vivienda subsidiada en la que usted ha vivido por más de ¿diez, quince, veinte años? Ahora que los códigos de área 10032/3 se han vuelto deseables y de las zonas más asequibles en la ciudad de Nueva York para los downtowneros, el Propietario [es decir, you know what I mean] iniciará los procedimientos de resumen según el estatuto para desalojarla si no se muda del apartamento en un mes (30 días) de este documento fechado. No reconocemos que dicho lugar sea un espacio al que usted ha llamado hogar durante décadas, donde viven sus amigos y familiares.

Su Contrato de alquiler establece que el Propietario [etcétera, etcétera, etcétera] tendrá el derecho exclusivo de rescindir este Contrato de alquiler en cualquier momento por cualquier motivo o sin motivo alguno con un aviso de treinta (30) días.

Propietario: PROPIEDADES GENTRIFICADORAS DE ALQUILER, INC.

Por: The Management Que No Tiene Sentimientos

Fecha: Después de que se repararon las ventanas rotas, se eliminó el grafiti y se reemplazó la tienda Everything Store por el White People Café.

DÉCIMA SESIÓN

I know, yo sé que llegué temprano hoy. Me desperté pensando en everything, en todo lo que me dijiste cuando me llamaste por teléfono, y I'm so sorry que you worried about me la semana pasada. Pensando en el pasado y entonces en los problemas de ahora. Too much. Como dicen los americanos, cuando llueve, poor. ¿Cómo e? Ah, cuando llueve, pours. Eso, que como sea, hablar contigo me aclaró muchas cosas.

You were right, yo tenía que encontrar la manera de arreglar las cosas con Ángela. Si hay una persona en condiciones de ayudarme en este momento, es ella.

Como dicen, la interesada tiene que ponerse las pilas. Así que me puse a chequear el Channel 15 a cada ratico y finalmente vi a Ángela en el lobby llegando del trabajo. Venía peinada con su moño profesional, y cuando está así no hay quien le lamba la arepa. But, I was ready, lista y dispuesta. Me puse mi pintalabio y bajé los escalones hasta el sexto piso, donde ella vive, y la esperé a que saliera del elevador. Qué susto le di, santo Dios. Ella estaba cansada, la pobre. Tenía bolsas debajo de los ojos. Cuidar los niños sin mi ayuda es demasiado para Ángela. Seguro que se estaba ahogando.

Cuando me vio, dijo: Hoy no, Cara, y trató de alejarse. Pero la agarré por el brazo. Yo no quería hacer un show en el hallway, pero era mi única oportunidad para hablar.

Don't be like that, le dije.

I-want-to-go-home, dijo, así, loca por llegar a su casa.

¿Esto es por Julio? Por Dios, Ángela. Él ni siquiera se acuerda que yo le grité un chin. ¿Tú querías que yo lo dejara que destruyera el apartamento?

Cara, you'll never understand.

Tú le das demasiada mente a las cosas, dije. Ese es el problema. Every little thing is a big thing contigo. Todo lo pones más grande.

Let me go, please. Los niños están esperándome.

Yo voy contigo, dije. Necesito que me ayudes con una cosa.

Of course you do! You always need something, dijo.

Me quedé estoqueada, paralizada completamente. ¿Yo? Yo nunca necesito nada. Yes, a veces le pido ayuda con el papeleo, pero ¿quién no? Pero muchas cosas, many many things yo las hago sola. Tú lo sabes eso de mí, ¿verdad? Bueno.

Le dije que, si yo era una carga tan grande, nunca la iba a volver a molestar. I told you que Ángela quería que yo me desapareciera, right? You see, la familia es una carga para ella. Para mí, cuidar a los niños is a pleasure, pero ella tiene que entender que yo no quiero que crezcan como animales. Es increíble que ayudarme, a ella, ¡le pesa! Es como si yo le estuviera pidiendo que cargue una funda llen'e mierda.

Le dije, No te apures, cuando tú te vayas pa Long Island no vas a volver a verme más.

Yo le he pedido tan poco en la vida. Cuando Fernando me dejó, ella ni siquiera lloró por mí. ¿Tú sabes lo que me dijo? Do better. Eso dijo, Hazlo mejor. ¿Qué clase de vaina es esa? Segurito que es de uno de sus libros. Do better. Do better. Yo trabajo más que nadie que yo conozca. Yo no do better, yo do best. Más mejor que mejor. A mí no me sorprendería que ella, igualito que Antonia, la hija de Lulú, vaya a la terapia a escupir a mamá. Y ahora me escupe a mí. Ángela no tiene idea de los sacrificios que yo hice. No idea. Y no solo por ella, por los niños también. Pregúntale a Lulú, que a veces me invitaba a que fuera con ella a bailar a El Deportivo, pero siempre le decía que no. Why? Porque Ángela, que trabaja very hard toda la semana, quiere salir todos los viernes por la noche con Hernán. *¡Ja!* On-a-date. Porque hasta para sobarse y acostarse con su propio marío hay que hacer un horario. So, yo me quedo en la casa y le cuido los niños. Es un placer para mí, pero aun así, coño, cuánto me jode Ángela. Sorry, ombe.

Bueno, como te decía, yo no quería estar haciendo show en el building. Yo quería hacer las paces con Ángela. Pero Ángela lanzó un grito. Cero palabras. Un grito. So: hicimos un show. Se apareció everybody a curiosear. Lulú, Tita, la Vieja Caridad, Hernán, Yadirisela, Milagros, Julio, Glendaliz, el blanquito del quinto piso, everybody running de arriba y abajo para ver el espectáculo. Y a Ángela no le gusta hacer show. Se mortifica cuando la gente ve su verdadero carácter. But it was too late, my friend. Esa mujer estaba encendía, y tenía mucho que decir.

Like what? *¡Ja!*

¡Dijo que yo la volvía loca!

She said que estaba cansada de ser responsable de mí. Que por mi culpa ella se había quedado estoqueada en Washington Heights viviendo en un apartamentico con tres niños, con un solo baño. En Hato Mayor, su apartamento sería un big palace, seguro que sí.

Le dije que era mejor quedarse en Washington Heights y ahorrar dinero, pero que conste que nunca le dije que no podía degaritarse. Yo lo que le había preguntado era que por qué ella quería mudarse tan lejos a un lugar con gente extraña. Yo creía que ella se había quedado por Hernán, por su trabajo en el hospital. ¿Pero ahora me saca en cara que ella se quedó por mí? ¡No me joda ella!

Dijo que estaba cansada de lidiar con todos mis documentos. ¿Que por qué he esperado cinco años para aplicar por la citizenship? Que sin ciudadanía no califico para todos los benefits. Dijo que está cansada de preocuparse por lo que va a pasar conmigo si yo no encuentro un trabajo. Y luego dijo que yo nunca le digo nada.

¿Como qué?

¡Como la cirugía! How do you think that makes me feel?, dijo. Si te pasa algo, tú eres mi responsabilidad.

¿Tú sabías de la cirugía?, le pregunté.

I know everything about you, Cara!, me respondió.

Me quedé en shock. Pero estoqueada.

So, le digo yo, OK, está bien, te declaro libre. Free. Go! Ya no tienes ninguna obligación más conmigo. Te libero de mí.

Y cogí mi rilí, *pra pra*, camino a los escalones. Y everybody ahí chismeando, en primera fila ante el show de las hermanas Romero.

Ángela me cayó atrás. Y cuando Hernán trató de agarrarla, ella le dio un empujón.

Cara, yo no quiero perderte. I just want you to stop.

¿Que pare qué?

Deja de ser como mamá. No te puedes controlar. Siempre con los insultos y la negatividad.

¿De qué tú tá hablando?

Cara, esta eres tú: Ángela tú estás muy flaca. Ángela tú eres tan gringa. Ángela, es que tú no eres maternal. ¿Tú sabes cómo yo me sentía cuando veía lo fácil que era para ti hacer que Yadirisela dejara de llorar? I did everything and she didn't stop crying. Y tú la cargabas, y así, de una, ella dejaba de llorar. ¡Yo soy maternal! ¡Yo también soy madre! Y atacas y criticas todo lo que yo hago como si tú fueras such a good mother, like you didn't push Fernando away. Yo me acuerdo lo ansioso y tenso que se ponía cuando te escuchaba abrir la puerta. ¿Tú sabes lo que me dijo una vez? Tía, I can't relax with mami. Imagínatelo. Imagínate cómo se debe sentir estar en tu propia casa y no poder relajarte, Cara. Coño, qué horror. Y yo siempre te defendía. Le dije, Ten paciencia con ella. Le conté lo dura que era mamá con nosotras. Pero santísimo, Cara, fuiste implacable con él.

Because I love him!

Tú vas a tener que aprender otra forma de amar, dijo. Más te vale.

¿Qué tú quieres decir con eso?

Que puedes comenzar disculpándote, pero de verdad, dijo.

¿Disculparme por qué?

Por asustar a Julio, para empezar. Por hacer algo que te pedí explícitamente que no hicieras.

Pero él estaba . . .

Cara, solo di que lo sientes, saltó Lulú. Ella estaba allí, viendo todo.

Pero . . . pero . . . yo nunca le haría daño a Julio. Nunca, le dije a las dos.

Cara, tú eres mi hermana y te necesito, dijo Ángela.

You need me? Cuando ella dijo eso, ay, mi pecho. *¡Ja!* Ahí está. Ella me necesita. Yo te dije que ella me necesitaba.

Of course I need you. Mis hijos te necesitan, dijo después. Pero yo quiero que mis hijos crezcan sintiéndose seguros en su casa. Que sepan que me pueden decir cualquier cosa. Yo quiero que me miren a la cara y vean lo que yo veo en ellos: Posibilidad. Belleza. Inteligencia. No podemos ser como mamá. We cannot. We have to change. Si tú quieres estar cerca de mis hijos, Cara, tienes que cambiar o nos vamos a quedar stuck here forever. Hazlo por Yadirisela. Hazlo por Fernando. Tal vez, si tú cambias, él vuelva. ¿Tú has pensado en esa posibilidad?

Los ojos de Ángela estaban llenos de agua. Yo te digo, ella nunca llora. Ella apechurra las lágrimas adentro. Yo las dejo salir. Así ha sido y hemos sido toda la vida. Ni cuando mamá casi la mata, ella abrió la válvula, y por eso mamá se encabritó todavía más.

I'm sorry, dije. Pudimos haber hecho las cosas de otra manera.

Y las lágrimas de Ángela brotaron, pero como una fuente. Parecía que estaba teniendo un ataque al corazón. Se puso una mano así en el pecho como si le doliera. La otra mano me la puso sobre el hombro.

Breathe with me, le dije. Y respiré largo y hondo hasta que Ángela empezó a respirar conmigo. Eso lo aprendí de la Vieja Caridad, que siempre me recuerda el poder de la respiración.

Respira con la barriga.

Respira con el pecho.

Exhala. Eso ayuda.

You are OK, le dije. Estás bien, y la abracé y la apreté fuete como yo sé. Sus lágrimas, everywhere, en mi camisa y el cuello. Tú puedes imaginarte mi fuente también.

Here, dijo Lulú, dándonos Kleenex.

Hernán le dijo a todo el mundo que el show había terminado.

Y fue raro, pero me cogió con reírme. ¡Pero una risa! Y luego ella también se rio. Tan pero tan alto. Se sentía como si todas las ventanas y puertas se hubieran abierto dentro de nosotras.

I tell you: Ángela se desahogó. Ahí mismo, frente a títiri mundati.

Sí, necesito un poco de agua porque hoy tengo que contarte many many things.

OK, la semana pasada, después de irme de aquí, recibí un email de Alicia de Psychic que decía: Carabonita, llegó la hora. Busqué en mi calendario, ¡y ella se acordó de la fecha! Ella hizo el ritual de Magnetización del Triángulo Galáctico que dijo que iba a hacer si yo le enviaba setenta y nueve dólares. Yo sé que dije que no le mandaría un chele, pero ella me dio un descuento especialmente para mí. Esa cuestión cuesta $159. Pero para mí, la mitad. Era importante garantizar mi fortuna. Y ella no me engañó, porque en el email me dijo que había recibido tres visiones con mi nombre bien claritas.

Una era yo caminando por la calle y con dinero en la mano, agarrando dinero.

La segunda era de mí en una mesa llena de gente y yo tenía un cheque de catorce mil dólares con mi nombre.

Y la tercera era yo sentada junto al agua con alguien. Y en esa visión yo digo: Nunca me había sentido tan feliz como ahora. Wao.

Dijo, Carabonita, pay attention. En las próximas tres semanas recibirás tu fortuna. ¡Dile sí al éxito! ¡Dile sí a la riqueza más allá de tus sueños más inverosímiles! ¡Dile sí a la felicidad!

Que si yo quería llamarla para recibir más detalles, que costaba $4.99 por el primer minuto y noventa y nueve centavos por cada minuto adicional. Pero don't worry, no voy a llamar. La misión número uno es salvar mi apartamento. Para eso necesito $3,091, más la renta del mes que viene. So, cada penny, cada chele que yo pueda guardar, lo voy a ahorrar. Ángela y Hernán me dijeron que, si era necesario, podían sacar un préstamo, chiquito, para que yo no pierda el apartamento. Pero yo no tengo dinero para pagar préstamos, así que tengo que encontrar una solución de a verdá. La buena noticia es que I was right en confiar en Alicia de Psychic porque, exactamente como en su visión, yo estaba caminando por la calle y, yes, tenía dólares en la mano.

Espérate, déjame explicarte.

Este weekend que pasó yo fui al correo con Lulú para enviar la aplicación de mi ciudadanía, pa poder coger el examen. Yes, I know, finally lo hice porque no quiero que Ángela se esté preocupando por mí. También es importante porque Ángela tiene razón, tenemos que tener mucho cuidado. Con las computadoras, agarran a everybody.

Por ejemplo, mira lo que le pasó a doña Altagracia. Fue a visitar a la hija y a los nietos y se quedó solo un par de meses en República Dominicana. Cuando regresó, fue a la oficina del gobierno para continuar con los benefits. El hombre de la oficina le pidió un ID con foto. Doña Altagracia le dio su pasaporte. Gran error. Big mistake, mi amor. Él la reportó porque ella había salido del país mientras cobraba los benefits, y ahora le están haciendo pagar los tres meses que ella cogió los cupones. Can you believe that? Mira, doña Altagracia trabajó en una factoría hasta los setenta años. Seventy! A esta altura del juego, ¿no es mejor para ella estar rodeada de gente que la quieren y la cuidan que cualquier pastilla? ¿Verdad? Esos winter aquí son difíciles para la gente ya mayores. También es medicina sentir el calor de ese sol. I don't know. ¿El gobierno prefiere que se enferme y se muera de soledad? ¿Que termine sola en una cama en uno de eso home?

Y luego me pregunto, ¿por qué tuvo el hombre de la oficina del gobierno que reportarla? ¿Qué tipo de gente son esas? Él pudo haber ignorado los viajes en el pasaporte. Si ese fuera mi trabajo, me haría la ciega para ayudar a todas las personas mayores, para que puedan vivir sus últimos días con menos estrés.

Pero no. Le paró los benefits a doña Altagracia, y ella tiene que pagar tres meses de cupones por el tiempo que estuvo fuera del país. Como que alguien que califica para benefits tiene dinero para pagar ese bill.

Antes de las computadoras, la gente tenía más flexibilidad. Ahora hay que tener mucho cuidado, andar very careful. Las computadoras saben todo de nosotros. En el aeropuerto te escanean los ojos y los dedos y quién sabe qué más. Lo documentan todo, everything.

So yes, que mandé la aplicación y pedí una cita para coger el examen. So, is official: ¡Voy a ser American! Ahora cuando bebemos vino, Lulú practica conmigo el examen de ciudadanía porque hay cien preguntas. One hundred! Yo solo tengo que responder diez, pero no te dicen cuáles diez. Esos tiguerazos. Pero Lulú dice que solo necesito seis buenas para pasar.

Is easy, dice ella. Common sense. Cualquiera que pueda contar one, two, three puede pasar. Pero dime tú, ¿qué tiene de sentido común una pregunta como esta? Espérate, que tengo el librito aquí, oye:

¿Qué significa el Estado de derecho?

1. Que todos deben cumplir la ley.
2. Que los líderes deben obedecer la ley.
3. Que el gobierno debe obedecer la ley.
4. Que nadie está por encima de la ley.

Do you know the answer? Tienes que pensar en la respuesta, ¿sí o no? No es tan de sentido común, como dice Lulú.

Lulú se frustra conmigo. She is like, Cara, ¡responde la jodía pregunta!

Yo le dije que yo leí la Constitución: We the people. Nosotros la gente o algo así. Think about it. Nosotros la gente. ¿Qué gente? Porque no soy yo. No eres tú. El día que nos convirtamos en un inconveniente, mi niña, este gobierno encontrará la manera de darnos una patá po'el culo. Sorry, pero es true. You know.

Maybe, maybe el Obama sea diferente. I am optimista. Cuando él dice, Esta es *nuestra* hora, este es *nuestro* momento, creo que, maybe, como él es hijo de un inmigrante, entiende la situación. Honestamente, cuando ese hombre se convirtió en presidente yo lo sentí aquí mismo, en el pecho. Me sentí ligera, menos asustada del futuro para nosotros. So, es más fácil respirar ahora. Maybe pare la matanza de inmigrantes en la frontera.

Lulú dice que gracias a Dios el examen es de multiple choice porque con esta boca yo nunca sacaría mis papeles. *¡Ja, qué relajo!* Pero, honestamente, honestly, honestly, aplicar para la ciudadanía se siente un poquito como una traición. No va a ser fácil decir que soy americana, porque cuando alguien dice American, no se imagina a una mujer como yo.

Why? ¿Tú sabes por qué? Por mi español, por mi inglés, porque parezco dominicana. ¿Tú te sientes americana?

Yes. Qué interesante.

No sé, creo que conseguir los papeles es como casarme con alguien que no está enamorado de mí. But, también a veces casarse tiene sus beneficios.

¿Quién sabe? Si Dios quiere, voy a ser americana.

So, yes, me voy a fajar a estudiar para pasar el examen. No

quiero que me pase como a mi vecina Fedora, que tuvo que coger el examen tres veces. Three! Pero, entre tú y yo, Fedora is not so intelligent. ¿Pero tú sabes por qué lo digo? Ella no votó por el Obama. Cuando yo me enteré de eso, decidí tratarla very nice (intercambiamos algunas comidas y eso), pero entiendo que ella es diferente a mí.

Con los papeles yo voy a poder votar. To me this is important porque hay too many, demasiada gente como Fedora que toman la decisión equivocada. Con los papeles, si mamá se muere (Jesú manífica, que no estoy deseando que pase, pero si se muere) maybe yo pueda pedir a papá para que se venga a vivir con nosotros y sus nietos. Pero lo mejor de todo, and I know que tú lo sabes, es que voy a calificar para un trabajo de los del gobierno. Maybe un día de estos yo puedo ser como tú. ¿Qué tú opinas de'so? ¿Tú te estás riendo de mí? Ah, te estás riendo porque yo estoy sonriendo. ¡Ja! But is true, ¿verdad? Lo único que yo necesito es un high school diploma. ¿No? Ah.

Mi punto es que cuando fui con Lulú a mandar por correo la aplicación, le conté lo de Alicia de Psychic y sus visiones. Of course, Lulú no cree en nada. So, me dijo: Si tienes tanta suerte y ese robot es una persona de verdad, entonces demuéstramelo.

She was not being very nice, pero cuando ella no anda muy contenta, yo tengo cuidado y trato de no punchar los botones que no son. Learn this from me, apréndete esto: Cuando alguien está desesperada y amargada como Lulú, porque todos los días recibe más malas noticias de Adonis, no es amable con las otras personas. Is true que yo también tengo problemas, pero Lulú tiene más problemas que yo. En la bodega compré un rayaíto de lotería. Ganas o pierdes de una vez. Pensé en algo que me dijo Walter Mercado. Yes, I know que se lo dijo a todo el mundo. Pero él dijo: No dejes espacio para la negatividad. Focus on the positive. Focus en el amor. Enfócate en lo que es posible. Y entonces, si tú haces eso, las cosas buenas llegarán a tu vida y no habrá espacio para bad things.

Te lo digo porque tú eres joven y no tienes problemas. A tu edad everything is possible. But for me, aunque me estén pasando muchas cosas terribles en este momento, si yo me acuerdo de respirar hondo, I don't feel lost; no, no me siento perdida. So, yo respiré. Y respiré. Y raspé el cartoncito de la lotto creyendo que Alicia de Psychic estaba haciendo la Magnetización Galáctica para que yo pudiera asegurar mi fortuna.

¡Y me gané veinticinco dólares!

Is true que gasté cinco dólares cuando lo compré, pero esto es lo interesante del cuento: la cajera solo tenía papeletas de a uno y me dio veinticinco dólares en single. Salí de la bodega con los dólares, feliz de enseñarle a Lulú que she was wrong. Y entonces me vi en el reflejo del cristal de la tienda y ahí estaba la visión de Alicia de Psychic. Yo, con dinero en la mano en la calle.

No, don't worry, no voy a comprar más raspaítos. Son peligrosos para una persona sin cuarto. Pero con todo el craziness en mi vida, fue chulo, ombe, jugar el lotto. Yes, yes, I understand, yo sé que no es una solución permanente.

Bueno, entonces hablemos de los trabajos que me recomendaste. They are very good todas las recomendaciones y he estado dándoles cabeza. Thinking, thinking. Por ejemplo, el trabajo de guachimana que me enseñaste hace un par de semanas. Yo creo que me gusta la idea de hacer la clase para sacar la certificación. Yo creo que puedo ser buena detectando a la gente intrusa. For sure que no se me iría nadie sospechoso, no señor. Puedo estar atenta de los estudiantes en la entrada de la escuela y asegurarme de que tengan permiso para salir. Y puedo echarle un ojo cuando estén lonchando. Y recibir los paquetes e inspeccionarlos. Pero ¿contestar el teléfono? No. Todos los trabajos que tú tengas donde haya que coger el teléfono, no, no los puedo hacer. Yo detesto hablar por teléfono en inglés. Tú ves que yo lo puedo hablar so-so, pero no sé por qué, pero cuando hablo por teléfono entiendo solo la mitad de lo que la gente dice. La Vieja Caridad dice que es porque yo escucho usando la nariz y los ojos. Eso es interesante, ¿verdad?

Pero yo creo en ella. I learn many things de la Vieja Caridad. El otro día cuando vino a mi apartamento a comer vimos un documentary sobre las ballenas, esas que matan a la gente. Pero lo que yo aprendí es que everybody cree que estas ballenas son asesinas, pero en toda la historia, estas ballenas solo han matado a cuatro gente. Only four humans forever. Y los cuatro, mientras las ballenas estaban en cautiverio. ¿Tú no quisieras comerte vivo a alguien que te ponga en una jaula cuando tu naturaleza es ser libre ahí afuera, in the big ocean? Tú te imaginas no tener espacio pa nadar. Que te separen de tu familia.

Pero en ese documentary, la abuela, que también era la líder de todas las ballenas, se murió. No saben ni cuántos años tenía. Maybe setenta y cinco años. Maybe tenía más de one hundred years old, pero los científicos la estuvieron siguiendo por cuarenta años. Can you believe that? Y cuando se le perdió esa ballena en el mar, los científicos ni siquiera podían hablar, eso era llora y llora y llora. Cuarenta años siguiendo a esa ballena por todo el océano Pacífico. El dinero que gastaron en robot, las cámaras, los barcos, buscando a esa ballena con los binoculares. Increíble. Increíble. Eso me hizo pensar en Fernando y en cómo yo sigo esperándolo. Cómo lo busco en el Channel 15, rezando para que me visite.

Pero esto también es interesante: los ballenitos, you know, los babies ballena varones pasan más trabajo para sobrevivir sin sus mamás. Todas las ballenas necesitan a su mamá para comer, pero los varoncitos más. Cuando la mamá se muere, los babies ballena se mueren tres veces más rápido al año. Yes, more likely al año, yes. Lo que no me sorprendió es que sea la abuela la que se asegure de que todas las ballenas de la familia coman. Que demuestren su valor después de la menopausa. Porque como ya no tienen que hacer babies pueden concentrarse en cuidar de la comunidad. Lo que me demuestra que las mujeres de cierta edad son más valiosas para la comunidad. ¿Qué tú dices de eso?

Ah, yes, entonces tú crees que las mujeres que no tienen babies también son valiosas. *Jum.* Maybe you are right my friend about this. *Ja.* ¡Yo veo cómo tú me pone a pensar!

Por eso es que me gusta pasar tiempo con la Vieja Caridad, porque ella hace que yo le pierda el miedo a envejecer.

El día que vi ese documentary con ella, volví a oler el cáncer. Yo sabía la respuesta, pero le pregunté otra vez. Vieja, ¿usted se chequeó la sangre como le dije?

Don't worry about me, me dijo. Ya yo hice todo lo que quería hacer. Cara, no podemos esperar para vivir la vida que queremos vivir. Busca la manera de estar presente with the people you love.

Ya tú sabe. Suficiente por hoy.

SOLICITUD DE NATURALIZACIÓN

Departamento de Seguridad Nacional
Servicios de Ciudadanía de los EE. UU.

Parte #7. Información biográfica

1. Etnicidad (marque una sola casilla):

    ☑ hispana o latina

    ☐ ni hispana ni latina

2. Raza (marque todas las casillas necesarias):

    ☑ blanca

    ☑ asiática

    ☑ negra o africana-americana

    ☑ nativa-americana o alasqueña

Examen de ciudadanía

14.B. ¿Alguna vez ha estado involucrada en actos de tortura?

Bueno, si le preguntan a mi hijo, seguro dice que lo torturé. A él no le gustaba que yo le buscara en los cabellos ni que le pusiera crema en lo buche, pero es que a ese muchacho se le resecaba tanto la cara, caramba. Ah, y si le buscaba en las gavetas porque quería organizarle la ropa, se encojonaba. ¿Pero y qué era lo que escondía? Deja de rebuscarme, me decía. Pero ¿y a quién más le iba yo a rebuscar?

14.C. ¿Alguna vez ha estado involucrada de alguna manera en asesinato o a intentado matar a alguien?

No. Never.

14.D. ¿Alguna vez ha estado involucrada de alguna manera en lastimar gravemente o tratar de lastimar a una persona a propósito?
¿Y qué es lo que este examen está tratando de decir de mí? Yo nunca he querido lastimar a anybody. No soy como mamá, que me hacía arrodillarme en una pilita de arroz por mirarla mal.

14.E. ¿Alguna vez ha estado involucrada de alguna forma en forzar o tratar de forzar a alguien a tener algún tipo de contacto o relación sexual?
Ajá, ¿y cuánta gente responden honestamente esta pregunta? Yo veo en las noticias a mucha gente en este país, hasta los curas hacen bad things y consiguen sus papeles.

17. ¿Alguna vez ha formado parte de algún grupo, o ha ayudado a algún grupo, unidad u organización que use un arma contra alguna persona o haya amenazado con hacerlo?
Una vez le clavamos alfileres a un muñeco para que uno de los jefes de la factoría no hiciera bad things. *¡Ja!* ¿Funcionó? ¡Nunca volvió a caminar derecho el hombre!

30.A. ¿Alguna vez ha sufrido de alcoholismo?
Unas cuantas copitas de vino con Lulú. Is good for the health. Los médicos dicen que siete tragos a la semana is a problem. Pero a mí dos copas de vino no me hacen nada. What do yo think?

30.B. ¿Alguna vez ha sido prostituta o ha contratado a alguien para la prostitución?
¿Como si alguien me ha comprado un regalo por sexo? Bueno . . .

30.G. *¿Alguna vez ha jugado ilegalmente o ha recibido ingresos de apuestas ilegales?*
Sometimes, pero sometimes, juego números en la bodega.

48. *Si la ley lo requiriera, ¿estaría dispuesta a tomar armas en nombre de los Estados Unidos?*
¿Contra quién?

GRAN APERTURA

MAKE ME OVER

SALÓN & LAVANDERÍA
2123 SEGUNDA AVENIDA
EL BARRIO, NY 10029

CON MUCHO AMOR,
ALEXIS [EL PISCIS]
20% DE DESCUENTO
EN SU PRIMER
CORTE DE PELO

DUODÉCIMA SESIÓN

Ay, mi niña, tengo tanto para contarte. No vas a creer lo que pasó esta semana. So many good things! Y tantas cosas tristes. Pero la vida es así. I can't believe que esta es la última vez que nos vamos a ver. Ay, tú, cómo se va el tiempo.

Lo primero, quiero decirte que I am sorry que no pude venir a la reunión la semana pasada. You know me. Yo nunca cojo un día libre. Hasta con el dolor de la surgery, yo vine a las sesiones. Ay, Dios mío, pero cuando te cuente lo que pasó, tú me vas a entender.

Dime please que no reportaste que no vine. ¿No? Ah, OK. Good. Hiciste lo correcto porque yo necesito ese cheque.

Cuando tú me llamaste no pude hablar mucho porque yo estaba very very busy. Quería llamarte para atrás, pero estaba haciendo los preparatorios para la Vieja Caridad.

Is very sad. La Vieja Caridad se murió durmiendo. El día estaba tan lindo que me llevé a Fidel a dar un paseo, largo, por el parque porque, así como los babies, que necesitan socializarse para tener inteligencia emocional, los perros también necesitan jugar con otros perros. Cuando volví, le preparé las tostadas y el café con leche a la Vieja Caridad y se lo llevé a la habitación, pero ella ya se había ido de este plano. No estaba fría, pero ya no respiraba.

Eso fue hace nueve días.

Yes, I am sorry too. Todos los días a las 4:45 de la tarde, sigo esperando que la Vieja Caridad me llame. Siento el vacío de esa mujer. ¿Tú te imaginas? Por más de dos años, comió en mi casa casi todos los días.

Pero fue mejor así, que se muriera en la cama. La Vieja Caridad era muy independiente. Una vez me dijo: Cara, el día que tú veas que no puedo defenderme, hazme un favor: consíguete una silla de ruedas, llévame a un puente y tírame.

Of course que yo nunca haría una cosa así, pero ella estaba hablando en serio, sí. Ay, sí.

Tuvo suerte porque murió como ella quería. Hasta el final estuvo completica. Nunca dejó que se me olvidara cuando yo cometía un error con un mandao. Se sabía el número de teléfono de todo el mundo, de memoria. Aparte de la comida que yo le hacía y la limpieza, ella hacía todo ella solita.

Cuando la encontré, tenía puesta la piyama azul marino que yo le compré para Navidad hace muchos años. Se veía elegante. La acotejé para la foto. Le puse otra almohada detrás de la cabeza. Le cerré la boca. Cogí el aceite de almendras de la mesita de noche y le sobé un chin en la frente, en la cara, en los brazos y en el pecho. A ella no le gustaba que la piel se le viera ceniza. Le peiné las canitas cortas y le alisé los rizos para que se vieran más bonitos. Cogí un pintalabio de mi cartera y le puse un chin-chin en las mejillas para darle color. Y le puse un poquito en la boca, pero una cosita, porque a la Vieja Caridad le gustaba verse natural todo el tiempo.

La habitación todavía no olía a muerte. Yo creo que la Vieja Caridad murió en paz. Of course que Fidel saltó en la cama y le lambió la cara y las manos. Traté de pararlo, pero luego pensé: esto va a ser feliz a la Vieja Caridad. Ella compartía su cuchara con Fidel.

Fue bueno que la Vieja dejara todo en orden. Todos los números de teléfono necesarios en la puerta de la nevera. All the papers en un fólder adentro de una cajita de metal que tenía desde cuando se mudó al building hace sesenta años. Sixty years! En el fólder estaba el papel que dice No resucitar. Un papel con los números de todos los doctores. El recibo de los funeral arrangements. Everything estaba preparado y pagado. Wao.

La Vieja Caridad dejó de hablar con su familia many many years ago. Su hermana era religiosa y no aprobaba que la Vieja Caridad viviera con la amiga en vez de tener un marido. Ella no conocía a sus sobrinas ni a sus sobrinos ni a los hijos de las sobrinas y de los sobrinos. Qué trágico, ¿verdad? Bueno, excepto a una de ellas, que yo supuse que iba a heredar todo en la vida de la Vieja Caridad. Ellas se escribían cartas dos o tres veces al año.

Yo le pregunté many times a la Vieja Caridad si el haber perdido la conexión con su familia para vivir una vida diferente valió la pena. ¿Quién quiere vivir en una mentira? La libertad es poder vivir tu verdad sin tener que disculparte por ella, me dijo.

Su apartamento estaba lleno de cosas de sus noventa años de vida. Muebles más viejos que yo. Everything in very good condition, eso sí. Ella sabía cómo cuidar las cosas. Las paredes estaban llenas de cuadros de los muchos viajes que dio a diferentes países. Yo le había dicho cuál era mi favorito y ella me dijo que cuando llegara el día que lo cogiera. Era de las Indias. ¡Así mismito! Ella viajó bien lejos, very far away. Yo no me puedo ni imaginar estar en un avión por tanto tiempo.

El cuadro es azul y dorado, del mismito color del mar. Ella me contó la historia de esa pintura, de un niño y una mata. El niño tenía hambre y quería comer, so la mata le dio una fruta. Pero cuando el niño se llenó, le dio frío, entonces la mata le dio ramos para que pudiera hacerse una casa. Óyete esto, pero cuando el niño hizo su casa, le cogió con que quería viajar y fue adonde la mata y le preguntó si le podía dar el tronco, su tronco, para construir un bote, pero la mata le dijo que no, No y no y no. Oh oh. I'm sorry. Sin mi tronco yo no puedo darte frutas ni ramos. Yo quiero seguir viva para poder tener más para darte en el futuro. Pero toma, le dijo la mata y le dio unas semillitas para que él sembrara otra mata y entonces construyera su bote y viajara.

¿Verdad que está chula? *¡Ja!*

Pero anyways, yo llamé la ambulancia, y cuando estaba esperándolos, herví canela para que el apartamento no oliera mal. Llamé al número de la sobrina de la Vieja Caridad que encontré en la nevera y le dejé un mensaje. Llamé a Lulú, a Ángela, a Tita y a Glendaliz para que supieran lo que estaba pasando.

Barrí el apartamento. Desempolvé el estante. Limpié el fregadero. Se sentía raro verla en la cama y saber que se había ido. Cuando llegó la ambulancia, Glendaliz dijo que ella podía esperar a la gente de la funeraria. So me fui para mi casa. El olor a muerte iba a llegar y iba a ser demasiado para mí.

Cuando llegué a mi apartamento me senté en la mesa al lado de la ventana, miré hacia el puente y me puse a llorar. ¿Cómo te lo explico? De repente, me llegó a la mente la sensación que tuve cuando perdí mi trabajo en la factoría: una profunda sensación de vacío.

Fue diferente a cuando Fernando se fue porque siempre pienso que algún día lo voy a volver a ver. Fue diferente a cuando salí juyendo de Hato Mayor porque yo quería irme. La Vieja Caridad se había ido forever. My job was gone para siempre.

Sentí que se me había ido un pedazo. Sí, un pedazo físico de mí. ¿Tú te imaginas después de veinticinco años, twenty-five years, dejar de golpe la rutina de ir a trabajar? Every day, Iván nos recogía en la esquina en su van y nos llevaba a la factoría al cruzar el puente George Washington Bridge. Lloviera, nevara, hiciera frío o hiciera calor. Every day nos subíamos en la van con el lonche y chequeando a ver cómo estaba cada quien. Todos los días, mientras cruzábamos el puente, veía salir el sol de la oscuridad. Poca gente en el mundo llegan a ver esa vista.

Cuando trabajaba en la factoría no quería que llegara el viernes. Para mí ese era el día más triste de la semana. Especialmente después de que Fernando se fuera. Always I asked for overtime. No me gustaba sentarme en el apartamento. Si alguien me pedía ayuda, decía que sí para estar busy. So, cuando me quitaron el trabajo, me sentí vacía. Completamente vacía.

A veces me quedaba en la cama a lo oscuro, esperando que saliera el sol, y el reloj tick y tick y tick y los días eran tan largos. Era más como una tortura en el winter. No habían pajaritos cantando. No habían niños afuera playing. Sin música en la calle. Si no hubiera sido por Lulú, que venía every morning a la misma hora a beber café, no sé si me hubiera levantado de la cama.

For me, is better to work. Yo te lo digo porque yo necesito que algo bueno pase con un trabajo y aunque este sea mi último día contigo, yo espero que tú no te olvides de mí.

So yes, I was very very sad el día que la Vieja Caridad se murió. Sentí que el mundo se me venía encima. Pensé en Ángela y Hernán dejándome para irse pa Long Island. Y ahora la Vieja Caridad se había ido primero. Y Fernando, ¿será que algún día volverá? Little by little, everybody se va.

Lloré. Pero no lloré sola esa noche. La verdad es que mucha gente conocía y quería a la Vieja Caridad porque era la última de las viejas en el building. Hasta Fernando la quería mucho porque ella siempre andaba con dulces y menticas en la cartera para los niños.

Así, sin planearlo, cenamos toditos juntos para recordarla. Yo cociné para todo el que quisiera llegar. Hice pollo, costillitas, moro de habichuelas negras, plátanos y ensalada de aguacate.

Hernán llevó dos botellas de vino. Agrandé la mesa para que pudiéramos sentarnos todos juntos. Ángela llegó temprano para ayudar a organizar las sillas. You never know quién se va a aparecer, so, es bueno estar ready. Y déjame decirte que vas a estar muy orgullosa de mí y de mi manejo de comportamiento con los niños. Cuando Julio agarró el pollo y se mandó a correr por la casa haciendo un desastre, yo no le grité ni lo agarré para que se comportara. Le dije, muy tranquila y calmada, Julio, la comida es para comérsela. Please ven a la mesa. ¡Ay, sí, yo sí!

Of course que me hizo el caso del perro, porque ningún manejo de conducta le va a cambiar el carácter a ese muchacho, pero vi que Ángela estaba impressed conmigo. Ahí fue cuando me di cuenta de que otra de las visiones de Alicia de Psychic se había hecho realidad. ¿Te acuerdas cuál? Ella me había visto en una mesa llena de gente y yo tenía un cheque en la mano. En ese momento no había cheque, pero tenía razón sobre la mesa y la gente. Y eso me hizo pensar que mi fortuna estaba llegando.

Cuando la Vieja Caridad se murió, yo tuve muchos sueños raros. En uno de ellos yo estaba esperando el tren y vi a una mujer mucho más joven que yo. Ella andaba con un cochecito y se le iba a caer en los rieles y adentro había un baby. La mujer como que se estaba durmiendo y no se daba cuenta. So, cuando el tren venía, yo agarré el cochecito y lo jalé. Pero entonces, cuando le vi la cara de la mujer, era yo. Yo misma. Más joven. De cuando llegué a Nueva York con diez pesos en los bolsillos y Fernando en la cintura. Él siempre cargado en mi cadera. Y pesaba. Yo estaba sola, sin un familiar que me lo aguantara un ratico para que yo pudiera descansar.

Yo lo digo como si mamá alguna vez me hubiera ayudao con

Fernando cuando yo todavía vivía allá. Ella tenía tres hijos, pero a ella no le gustaba la idea de tenernos. Eso estaba claro. Si mamá hubiera nacido en Nueva York yo creo que hubiera vivido como la Vieja Caridad, cero hijos, pero, en vez de un perro, mi mamá hubiera tenido pajaritos. En Hato Mayor ella le daba de comer a muchos pajaritos. Una vez vi a mamá bailando sola, y cuando me vio, se paró. Stop. I don't know por qué tenía que esconderse de nosotros para ser feliz. Yo creo que ella quería a papá. Él era una vasija que podía contener agua. Pero ella no lo eligió. Cuando ella tenía catorce años, él se la llevó para su casa y ya. Lo mismo que le pasó a su mamá. Así se hacían las cosas antes.

Mamá hizo muy poco por mí. Pero un día me dio un papel con una dirección de Nueva York y me dijo: Si quieres, te puedes ir para allá.

¿Tú has oído el dicho que dice que cuando el hambre da calor, la batata es un refresco?

Tú y yo sabemos que nada en esta vida es free. Salí de casa con la piel pegá a lo hueso. Una fundita con unas cuantas chucherías y Fernando cerca del pecho. Me comí esa batata y me concentré en encontrar trabajo y make money. No quería depender de ningún hombre para que pusiera en techo en mi cabeza ni comprara la comida que yo me iba a comer. No señor. Punto final.

Primero vivimos en una habitación en un building allí mismo, cerquita de aquí. La dirección era de un primo que ya había hecho el viaje unos años antes. Yo pagaba cuarenta dólares a la semana. La dueña del apartamento ponía la cama, las sábanas y las toallas, y nos dejaba usar la cocina por una hora al día. Ya yo había asegurado el trabajo en la factoría y un lugar para Fernando en un day care cerca del apartamento. Rápido conocí a otra madre que, por diez dólares a la semana, me llevaba a Fernando al day care para que yo pudiera coger la van a tiempo para la factoría.

Mira, solo una madre sabe lo que hace una madre. Después de trabajar, me ocupaba de las cosas de Fernando. Y eso incluye que me sacara la leche de la teta por dos años. Yo le di el pecho por cuatro años a mi muchacho, aunque me vaciara. Leche de oro. Nunca se enfermó conmigo. Eso también mantenía a Fernando cerca de mí y saludable.

En ese tiempo, estábamos solos together. Mi cuerpo lo mantenía calientico en el winter cuando no teníamos heater. Él me necesitaba pa sobrevivir. Cuando yo oí que las palabras le salían de la boca en inglés, pensé, coño, maybe tenga una vida más fácil porque la gente lo va a escuchar. Eso me ayudó a mí a sobrevivir.

So, yes, I was a good mother para Fernando, pero ahora puedo ver que también fui esa madre en el sueño, joven, scare, sola, quedándose dormida cerca de los rieles del tren.

El súper quería sacar todos los muebles del apartamento de la Vieja Caridad para el día primero, so yo solo tenía un par de días. Por eso fue que no pude venir a verte. La sobrina de la Vieja Caridad vive en Europa, así que ella no me pudo ayudar. Pasé many many hours separando las cosas que la Vieja Caridad, antes de morirse, le había vendido a la tienda de muebles

Next Life. Y tuve que esperar a que lo fueran a buscar. Entonces, entre toditos, nos repartimos la mesa, el cuadro, el reloj. Todo lo que se quedó.

Entonces, cuando revisé los papeles de la Vieja Caridad adentro de la cajita de metal, encontré a letter for me. Sííí, me dejó una carta. Firmada. Oficial. Increíble.

¿Tú entiendes lo que yo te estoy tratando de decir? Alicia de Psychic was right: Yo en la calle con el dinero del lotto en la mano. Yo en la mesa con gente. Y entonces descubro que me va a llegar un cheque de $5,600 de la Vieja Caridad.

Can you believe it?

¿Que sí? ¿Tú también crees en Alicia de Psychic?

Oh, you believe in *me*? ¡Ay, no ombe! No me pongas ñoña. Of course que tú tienes razón. Yo atendí bien a la Vieja Caridad. Pero nunca hice nada de eso por dinero. Never.

¿Ahora tú entiendes por qué no pude venir a la sesión last week? Me sentía como el niño en la pintura al que le dieron la fruta y los ramos, pero tengo que tener cuidado de querer demasiado en esta vida. This is the lesson. Debemos apreciar lo que tenemos.

So, of course, yo estaba sufriendo, pero también me sorprendió que la Vieja Caridad pensara en mí. Pero yo no podía hablar de good luck cerca de Lulú, porque Lulú no tuvo tanta suerte como yo.

I know, yo sé que nada más no es suerte. You are very nice por recordarme eso. I work hard all the time, todo el tiempo, trabajo y trabajo. Tú tienes razón, yo debo darme un chin crédito también. But is crazy porque Lulú era a la que le gustaba dársela de lo bien que le iba todo en la vida. Y era verdad. For many years a Lulú su hijo le daba muchos regalos: un colchón nuevo, un cuchillo nuevecito pa cocinar, un buen juego de ollas. Adonis era generoso con ella. Y eso la ponía happy. A quién no, ¿verdad? Pero ¿los últimos dos meses? lo único que le ha dado ese muchacho son más preocupaciones. Esto demuestra que mientras más dinero tú haces, más problemas you make también. Y ahora, Adonis, Patricia y los babies se mudaron al apartamento de Lulú. Y, of course, ahora Lulú está cocinando, limpiando y atendiendo a cuatro gente.

Ay, pobrecita Lulú. Tú te puedes imaginar lo incómoda que está. Ella no es como yo. Yo soy fácil, easy de llevar, you know? Si tengo que acomodar a diez personas en mi apartamento, no problem. Pero a Lulú le gusta tener su propia habitación y cerrar la puerta. Una leona necesita su propia cueva, le gusta decir. Ella es leo, así que eso tiene sentido. Con toda la familia dentro del apartamento de dos cuartos, no tiene espacio pa estar sola. Solo el baño. Y tienen que compartirlo.

Entonces, se me ocurrió una great idea. Como tengo dinero, pensé en llevar a Lulú al salón de Alexis. Sí, Alexis, ¿te acuerdas de él? Mira, me mandó esta tarjeta. Maybe se la mandó a toda la gente que conoce. Pero también a mí. Yes, es en el Barrio, I know, tan lejos, pero maybe tiene noticias de Fernando, pensé yo, you know. So, le dije a Lulú, Por favor acompáñame a este salón.

¿Y por qué tan lejos?

Ay, Lulú, por favor, por mí. Tengo que arreglarme el pelo, le dije. Pero la que tenía que arreglarse lo cabello era ella. Se veía como una abandoná. Cero faja todavía. Con un brasier de esos de hacer ejercicio. ¿Tú me estás entendiendo? ¡De hacer ejercicio, con zíper! De los que aplastan las tetas. No good.

Oh, ¿tú también usas de eso brasiele every-day? Really? *¡Ja!*
Ella me miró el pelo y hizo una mueca. Imagínate tú. Yo, que me veo very good even cuando mi vida es dura como la de ella.

Voy a ir contigo, dijo. Si no fuera por mí . . .

You see what I mean? Incluso ahora, ella hace como si me estuviera haciendo un favor. Pero yo le permito que sea como es. Sí ombe.

So, cogimos el tren para llegar al otro tren y de ahí a la guagua y caminamos y caminamos y entonces encontramos la dirección: 2123 Second Avenue. Un big sign, escrito a mano en la ventana, decía, MAKE ME OVER: SALÓN Y LAVANDERÍA.

Miré para adentro y vi a Alexis arreglándole el pelo a una mujer. La última vez que lo vi fue hace ocho años, eight years, pero él estaba igualito, solo que ahora tiene el pelo rubio. Todavía parece que pertenece al futuro.

En una de las paredes vimos los espejos, las sillas, los estantes repletos de blowers y cepillos y los secadores. Del otro lado estaban las lavadoras y las secadoras de ropa. It made sense hacer las dos cosas al mismo tiempo.

Cuando abrí la puerta, él se dio vuelta para mirarnos. The lights so bright. Tanto a Lulú como a mí nos hacía falta un chin de sol, un chin de pintalabio. Sonaba una música con tambora.

¿Mami? Alexis me reconoció de una vez. Me dijo que esperara. So, esperamos.

¿*Ese* es el amigo de Fernando?, me preguntó Lulú.

Me di cuenta que ella tenía muchas opiniones, pero no dijo nada. In the past ella hubiera dicho many things.

La clienta se despidió de Alexis. Y se veía de lo más bien.

Alexis me preguntó, ¿Y qué hace por aquí?

¡Tú me escribiste!, le dije.

Y le enseñé la tarjeta que decía veinte por ciento de descuento.

Sit, sit, dijo, mirándome de cerca las puntas de los cabellos. ¿Cuándo fue la última vez que te cortaste el pelo?

Yo se lo dije, dijo Lulú. Maye she will listen to you.

Me senté en esa silla como un saco de arroz pichao. No me reconocí en el espejo. Mis cejas eran un desastre. Cuando me cepilló el pelo, estaba disparejo. No me había dado cuenta porque siempre lo llevo recogido. Me too, yo también estaba un poco abandonada. Pero no tan mal como Lulú.

So, una silla para Lulú y una silla para mí.

Las voy a arreglar a las dos por el precio de una, dijo. What do you think?

Lulú no tenía dinero, así que le dije: Yes, si está bien contigo, Lulú. ¡Aceptamos!

No, yo estoy bien, dijo Lulú. No lo necesito.

Ella es tan orgullosa. Pero Alexis entendió cómo manejarse porque le sacó los pinchos a Lulú sin preguntar y le dijo: Today we make you over.

¿Este lugar es tuyo?, le pregunté.

Todo esto es mío, mami. Mine. Alexis meneó los brazos enseñando el espacio. Recién pintado. Los letreros coloridos. LAVADO Y SECADO. SELF-SERVICE. DIEZ MINUTOS POR VEINTICINCO CENTAVOS.

¿Tú has oído algo de Fernando?

Ay, mami, you just missed him, acaba de irse.

¿Cómo así?

Él está viajando un montón. His new job lo tiene montado a cada rato en un avión.

No me digas. ¿Qué trabajo?

Trabaja en una tienda en Madison Avenue. Él diseña las ventanas y hace que todo se vea precioso.

¿Y cómo aprendió a hacer eso?

Fernando tiene mucha suerte con los trabajos. People love him. Él aprende rápido. En este mundo lo único que tú necesitas es gente que te dé una oportunidad.

¿Él todavía vive contigo?, pregunté.

Ya no. But we talk all the time. Le voy a decir que la llame, dijo Alexis.

La gente dice cosas y nunca las hace, pero yo confiaba en que Alexis el Piscis haría eso por mí.

Alexis subió la música pa hacer un party. Tenía las luces de muchos colores que se mueven en el ceiling como en una discoteca. Como todo un profesional, le tapó las canas a Lulú y después me lavó la cabeza. Entonces, le lavó el pelo a Lulú, le hizo rolos y la metió en el secador. Luego me cortó el pelo a mí. Iba y venía de Lulú a mí back en for, back en for.

Cuando me tocó la cabeza y me peinó, sentí que se me relajaron los hombros.

Do you trust me?, me preguntó Alexis.

Sí, yo confío, le dije, y dejé que me atendiera. Hasta las cejas me las sacó.

You look so good, nos decía a mí y a Lulú a cada rato. En el espejo, habíamos cambiado. De verdad que sí.

Lulú no dijo nada en la guagua camino a casa. Ni en el tren. Cuando estábamos cerca, la llevé al parque y nos sentamos en un banquito desde donde podíamos ver el puente y el Hudson.

You look good, le dije many times.

Tú debes estar feliz, dijo. Tu Fernando es un éxito.

Sonrió, pero los ojos la traicionaron.

Pero entiendo sus celos. Es difícil ser feliz por los demás cuando se tienen tantos problemas.

Yo pagué el salón. Y la Vieja Caridad me dejó su dinero. Y yo tengo el apartamento grande para mí solita. Entonces le dije que no se pusiera así, que yo iba a compartir everything with her.

Tú estás loca, dijo.

Pero yo tengo una habitación vacía. Tú puedes vivir en el cuarto de Fernando.

Ella me miró, sorprendida.

Será un placer, querida dama. Quédate conmigo, le dije.

Pero . . .

¿Pero qué?

Nosotras somos amigas, no familia. ¿Qué va a pensar la gente si vivimos juntas?

¿Y a quién le importa lo que piense la gente?, dije, y me sorprendí a mí misma.

Y estoy segura que la Vieja Caridad también sonrió desde el cielo.

Y ahí fue que me di cuenta que la tercera visión se había hecho realidad:

Yo estaba sentada junto al agua y no estaba sola.

Was I happy? Yo creo que sí, que estaba feliz. Pero ¿qué es un bizcocho sin suspiro?

Esta es mi última voluntad y testamento

Querida Cara,

Yo, Caridad Nilsa Guillois, estando en mi sano juicio, quisiera dejarte a ti, Cara Romero, el dinero obtenido por la venta de mis bienes. Por favor, llama a la tienda de muebles Next Life Furniture, que ha aceptado comprar los cuadros y los muebles indicados en el documento adjunto. Todo ha sido tasado y se comprará a un costo total de 5,600 dólares americanos. Por favor, ponte en contacto con ellos inmediatamente. A cambio, te pido que cuides a Fidel con la misma ternura y el amor con el que me cuidaste a mí todos estos años. A él todavía le quedan unos buenos años de vida. Gracias por ser una buena amiga. Si alguien llegara a preguntar, dile que morí sin remordimientos.

Con amor,
Caridad

PROGRAMA DE FUERZA LABORAL PARA ENVEJECIENTES

Nueva York, Estados Unidos
Reporte

Nombre	Fecha de nacimiento
Cara Romero	18 de enero de 1953

El presente informe de avance de la obra social aborda el siguiente periodo de tiempo.

Desde el	Hasta el	No. de sesiones
16 de febrero, 2009	10 de mayo, 2009	12

La clienta faltó o canceló en menos de veinticuatro horas en <u>cero</u> ocasiones.

Objetivos abordados durante este período

Me reuní con la Sra. Romero en doce sesiones. En esas reuniones, discutimos sus diversas fortalezas. En sus propias palabras, la Sra. Romero quiere trabajar. Es fuerte, siempre está preparada, es buena organizando, es buena con los niños, es buena bajo estrés y le gusta inventar. También cree que tiene habilidades inusuales, como la capacidad de oler el cáncer y la diabetes.

Aunque la Sra. Romero ha estado desempleada por más de dos años, ha trabajado como cuidadora y ha sido sistema de apoyo para ancianos, niños de varias edades y personas con discapacidades, todos inquilinos en el edificio donde vive. Una gran narradora, ha compartido múltiples ejemplos para ilustrar su capacidad de reconfortar, alimentar y cuidar del hogar a una sustanciosa cantidad de personas en situaciones difíciles. Mi evaluación es que la Sra. Romero ha realizado una cantidad significativa de trabajo no remunerado para los miembros de la comunidad.

¿Recomienda continuar con el Programa de Fuerza Laboral para esta clienta? En caso afirmativo, ¿cuál es la frecuencia recomendada y la duración estimada?
Recomiendo encarecidamente una renovación inmediata de los beneficios de desempleo y doce sesiones adicionales con el Programa de Fuerza Laboral para Envejecientes para la Sra. Romero, con la opción de renovación.

Esta extensión es esencial para asegurarle empleo a largo plazo a nuestra clienta, la Sra. Cara Romero.

Nombre	Fecha
Lissette Fulana De Robertis	05 de junio de 2009

Toda la información personal recopilada está protegida contra la divulgación no autorizada por parte del Programa de Fuerza Laboral para Envejecientes. Los clientes tienen derecho a acceder a su información personal y el derecho a impugnar la precisión y la integridad de este informe.

EXTENSIÓN DE BENEFICIOS

Aprovada ___   Denegada ___

DOS MESES DESPUÉS

Saludo. Do I interrupt you? ¿No? Oh, good. Quería pasar por aquí con Fidel a traerte unos pastelitos sin pasas, porque a mí no me gustan las pasas. Los freí esta mañana, así que están fresquecitos. Además, te traje un café con leche del restaurante porque es mejor y cuesta tres veces menos que los que venden en el café de los blanquitos.

Fidel is very friendly. Dondequiera que voy, él quiere ir. Ni en el teléfono puedo estar sin que Fidel haga ruido. Con la Vieja Caridad él no era así. Pero los perros son como la gente. This I learned.

Son diferentes con everybody, ay, sí, con todo el mundo.

Yes, of course que puedes comer mientras hablamos. Don't be shy. Te prometo que nunca has probado un pastelito como ese. Right? Is very good!

Mira, yo quería agradecerte por haberme llamado para dejarme saber que todavía estás peleando para que me extiendan los benefits. Si eso se me llega a dar, te voy a estar tan agradecida, very very much. Con el dinero de la Vieja Caridad y el dinerito que Ángela me consiguió con el loan, me la he podido arreglar. También he estado haciendo bizcochos y vendiéndolos entre las amigas. Patricia, como es a good woman, me paga la mitad de la renta porque Lulú vive conmigo y ella cuida a los niños every day. Yo termino cuidándolos más que Lulú porque ella no tiene paciencia, pero como te dije, nos las bandeamos. Ay, y thank you por meter a Tita en este programa. Por lo menos por un par de meses no va a tener que trabajar para esa terrible lady.

¿Vivir con Lulú? Is OK, yes. Pero Lulú pasa dos horas en el baño. ¿Qué hace ella ahí metía tanto tiempo? No, I don't understand. Ella no friega como yo. Siempre deja los platos un chin grasosos. Pero yo no juzgo. Nosotras somos diferentes en ese sentido.

¿Ángela? Sí, se mudó pa Shirley, en Long Island. Por ahí no hay ni un dominicano. Hernán maneja everyday para venir a trabajar al hospital. Is crazy toda esa manejadera, pero los viernes me lleva, y a veces a Lulú también, en el carro con él a su casa, y déjame confesarte, ay, pero no vayas a decirle a Ángela porque me va a volver loca diciéndome que ella tenía razón, pero ahora que está tan lindo el clima, tener un patio grande para hacer barbecue is very relaxing. En cinco minutos, five minutes, ya tú estás en la playa. Un chin aburrido porque nadie toca música, full de blanquitos, pero Ángela is happy. Y los niños también están bien contentos.

Pero yo también quería contarte una cosa increíble que me pasó. ¿Tú te acuerdas de Sabrina? You know, ¿la niña que vi besándose con la amiguita en el building? ¿Con el uniforme del colegio católico? Esa. El día de las madres, no el americano, el dominicano, yo iba a coger el elevador y Sabrina y su mamá iban saliendo. Of course que Sabrina se paniquió cuando me vio.

Pero entonces fue su mamá la que dijo algo que me dejó con la boca abierta.

Mientras yo estaba fuera haciendo mis mandados, ella vio a Fernando en el Channel 15. Él estaba en el lobby. ¡En el lobby de mi building!

Ella me dijo: Tú debes estar muy feliz de tener a Fernando otra vez contigo.

Imagina-mi-corazón.

Wait. What? Espérate. ¿Dónde fue que lo viste?

¡En el lobby, mujer!

¿Tú estás segura que era Fernando?

Era Fernando, dijo. Estaba allá abajo en el lobby.

¿Y tú lo viste por el Channel 15?

Cien por ciento Fernando.

Cuando llegué al apartamento, encontré un delívery de comida guindando en la puerta. You are not going to believe it! Era un delívery de chicken wing (¡ay, a mí me encantan las alitas de pollo!) con arroz y habichuela y ensalada de aguacate y tostone con ajo al lado. Todas mis cosas favoritas. Con una notica de Fernando: Mamá, Feliz Día de las Madres. Tu hijo, Fernando.

¿Tú te imaginas mi corazón cuando yo vi su nota? ¡Con su letra y todo! Of course que fue Alexis que le dijo que me buscara.

Eso me recordó que, ojo, cada vez que confío en mí, en lo que siento, todo sale bien. Y por eso vine, porque esta mañana pensé en ti y sentí que tenía que hacerte estos pastelitos. No pregunté por qué, ni why ni nothing. Simplemente le hice caso a esa sensación, aquí, en el corazón, y aquí estoy. Como me enseñó Walter Mercado. Como dijo Alicia de Psychic en una de sus cartas: El momento de ser valiente es ahora. Como decía la Vieja Caridad, No vivas con remordimientos. Be present. Confía en ti misma. That's why I am here, así mismito, por eso estoy aquí. Hablar contigo, all these weeks, ha sido very good for me. He aprendido mucho. Yes, I have learn a lot. Hablar me recuerda que por más difícil que sea mi vida, siempre le he encontrado una solución a mis problemas. Cuando pienso en eso, no tengo miedo. We can do this. Yo puedo.

Anótalo ahí, write it down: Cara Romero sigue aquí, entera.

AGRADECIMIENTOS

Este libro está ambientado durante la Gran Recesión en la ciudad de Nueva York, una época en la que muchos miembros de la comunidad perdieron sus trabajos o no pudieron mantener un empleo a largo plazo. Me gustaría agradecerles a todas las personas que compartieron sus historias sobre los desafíos que enfrentaron al tratar de encontrar un ingreso estable y criar a sus hijos.

Estoy agradecida de mis comadres y amigues que leyeron y/o escucharon páginas del libro e hicieron preguntas, compartieron artículos y ofrecieron comentarios a lo largo de los años. Gracias a les que se ofrecieron como voluntaries para cuidar a mi hijo para que yo pudiera sacar tiempo para escribir. Les estoy especialmente agradecida a Armando García, Carolina de Robertis, Dawn Lundy Martin, Idra Novey, Laylah Ali, Lissette J. Norman, Marlène Ramírez-Cancio, Marta Lucía Vargas, Milenna van Dijk, Nelly Rosario y Tanya Shirazi.

A Caroline Bleeke, mi editora, y a Dara Hyde, mi agente, quienes con amor leyeron y releyeron muchos borradores. A los equipos de Flatiron y Hill Nadell Literary Agency, que ofrecieron perspicaces anotaciones. A Blue Mountain Center, The Lighthouse Works y Yaddo por el regalo de tiempo y espacio.

A la familia Cruz, Gómez y Piscitelli por apoyar mi vida como escritora de innumerables formas. En especial a mi madre, Dania, quien me enseñó tanto sobre la importancia de cuidarnos unos a otros y, en especial, unas a otras.

Gracias a mi hijo, Daniel Andrés Piscitelli-Cruz, por su paciencia y sus importantes aportes editoriales. I love you so much!

It takes a village. Punto final.